N & K

Jean-Philippe Mégnin

Dieses klare Licht in den Bergen

Roman

Aus dem Französischen
von Claudia Steinitz

Nagel & Kimche

Die Übersetzerin dankt dem Kanton Zürich
für die großzügige Förderung ihrer Arbeit

Titel der Originalausgabe: *La Voie Marion*

1 2 3 4 5 15 14 13 12 11

Herstellung: Andrea Mogwitz und Rainald Schwarz
Satz: Gaby Michel, Hamburg
Druck und Bindung: Friedrich Pustet
ISBN 978-3-312-00479-9
Printed in Germany

Für Pascal

Es war am späten Nachmittag. Ich hatte die Buchhandlung meiner Verkäuferin überlassen und gönnte mir eine Erfrischung auf der Terrasse des M, meinem Lieblingsrestaurant. Es ist noch nicht allzu sehr verdorben von dem Kult um ahnungslose Touristen und leichtverdientes Geld, der Chamonix zerstört. Sie hat die Männer dorthin geschickt, sehen Sie mal nach, sie trinkt bestimmt einen frischgepressten Orangensaft, bevor sie ihren Einkauf macht. Er? Er ist doch in den Bergen, bei diesem Wetter, was denken Sie! Heute sind alle Führer in den Bergen. Ich habe keine Ahnung, wann er zurückkommt. Sie schon, sie weiß es bestimmt, sie wird es Ihnen sagen. Ist es auch wirklich nichts Schlimmes?

Da kamen sie also, und als ich sie mit ihren Käppis in der Hand auf mich zusteuern sah, packte mich das eisige Entsetzen der Bergführerfrauen, das angeblich auch die Frauen der Seeleute kennen.

«Nein, nein, machen Sie sich keine Sorgen, Ihrem Mann ist nichts passiert, wir müssen nur mit ihm sprechen, das heißt, mit Ihnen auch, weil … na ja, es ist etwas sehr Eigenartiges geschehen, in Les Bossons …»

«In Les Bossons???»

«Ja, im Gletscher, eine Entdeckung …»

«Eine Entdeckung? Was soll das heißen?»

Das war also am späten Nachmittag, auf der Terrasse des M, und so hat alles angefangen.

Erster Teil

Ich habe ihn an einem schönen Junimorgen geheiratet, unter dem vom blauen Himmel gekrönten Brévent im Sonntagsstaat des letzten Firns.

Die Treppe vor der kleinen Kirche war, wie man so schön sagt, schwarz vor Menschen. In solchen Kleinstädten ist eine Hochzeit immer ein Ereignis, erst recht, wenn einer der beiden Brautleute aus dem Dorf stammt und obendrein Bergführer ist.

Ich fühlte mich an jenem Morgen als eine von hier, wirklich von hier. Ich hatte nie Grund, mich zu beklagen, ich habe nichts von den so oft geschilderten Schwierigkeiten erlebt, keine Ablehnung oder Eifersucht. Na gut, als ich die Buchhandlung kaufte, spürte ich bei meinen Vorgängern schon eine gewisse Enttäuschung; sie hatten sich immer vorgestellt, wenn sie in Rente gingen, würden ihre Kinder … und dann waren die Kinder ihrer Wege gegangen, hatten sich andere Ziele gesetzt, also hatten sie beschlossen, sie ihr Leben leben zu lassen, und darauf gehofft, dass sich ein junger Mann aus dem Tal finden würde.

Aber nein. Schließlich war ich es, die ihnen ihr Leben abgekauft hat.

«Aus Annecy.»

«Aha! Eine hübsche Stadt. Und so … vornehm!»

«Sehr hübsch, ja. Ziemlich vornehm, wenn Sie so wollen. Aber ich träume davon, hier zu leben, verstehen Sie? Von klein auf wollte ich immer nur nach Chamonix. Ich hatte Glück, ich war oft in den Ferien hier, meine Eltern besaßen ein Chalet in Les Bossons, neben der Schule, jetzt gehört es mir.»

Also haben sie verkauft. An mich. Ehrlich gesagt glaube ich, dass es noch andere Angebote gab. Aber irgendwie hat es ihnen gefallen, eine Fünfundzwanzigjährige, die sich ganz allein in ein Abenteuer stürzt und nichts als ihre Liebe zu Büchern und zu dieser Gegend mitbringt.

Ja, es stimmt, an jenem Morgen habe ich mir gesagt: Jetzt bin ich eine von hier. Ich bin weiß Gott keine Mystikerin, aber ich habe gespürt, wie auf einmal alles in mich eindrang, was diese kleine Kirche an Glück und Leid erlebt hatte. Als ich mich vor den Altar setzte, hätte ich es Pierre, der neben mir saß, gern gesagt, aber das war nicht der richtige Moment.

Mein Gatte sah wirklich gut aus. Etwas unbeholfen in seinem Anzug, aber mit der typischen «Visage» der Männer, die den größten Teil des Jahres im Hochgebirge verbringen; und dann, trotz des Anzugs, die natürliche Eleganz, die die Verbindung von Kraft und Sanftheit manchen Männern verleiht.

Nach dem Kauf kamen die ersten Wochen, die ersten Wochen sind immer aufregend. Alles ist so neu, ganz anders, als man es erwartet hat. Ich hatte mir mein Leben als Buchhändlerin in Chamonix im Kopf zurechtgelegt, es nach meinen Vorstellungen ausgemalt, und nun stellte ich fest, dass alles, was ich mir vorgestellt hatte … Eigentlich gab es nur Unvorhergesehenes.

Natürlich wurde ich anfangs ein bisschen beobachtet. Die Rue Vallot ist eine Welt für sich, mit Lebensmittelläden, Bäckern und den ganzen kleinen Geschäften, die am Lokalkolorit verdienen, Rauchfleisch-Alpenwermut-Blaubeeren.

«Marion ist doch kein Name von hier.»

«Sie ist aus Paris.»

«Nein, nicht aus Paris, aus Lyon.»

«Und ganz allein, stell dir vor!»

«Sie wird es nicht schaffen.»

Darin lag keine Bosheit, das glaube ich nicht, höchstens etwas Misstrauen, das war alles.

Und dann hat *sie* es geschafft, hat *sie* gezeigt, dass sie hartnäckig war, dass sie sich nicht von den Widrigkeiten des Alltags kleinkriegen ließ, hat *sie* ihren Platz gefunden.

Ich sollte erwähnen, dass in der Rue Vallot auch das Hôtel de Paris steht, das lange der Anlaufpunkt der bergverrückten Abenteurer war, und das …

Gary Hemming war er nicht, mein Pierre, das nicht.

Aber immerhin …

Ich war noch nicht lange hier, da trat er durch die Ladentür.

«Entschuldigen Sie die Störung. Ich habe gesehen, dass … na ja, dass sich die Buchhandlung verändert hat. Deshalb … Darf ich?»

Er war rührend mit seinem strubbligen Haar, den großen gletscherblauen Augen, dem großen kraftstrotzenden Körper, und dazu diese linkische Schüchternheit. Auf einmal war ich genauso verlegen wie er.

«Aber ja, nur zu, eigentlich, das ist, dazu ist so ein Laden doch da, oder?»

Dumme Gans! Nein, er war nicht Gary Hemming, aber ich wusste genau, dass ich seinem Charme bereits erlegen war. Und dann so erbärmliche Banalitäten von mir zu geben! Ich habe mich ausgiebig verflucht.

Er kam oft wieder.

Immer zwischen zwei Touren oder wenn das gute Wetter auf sich warten ließ.

Er war froh, in einer *echten* Buchhandlung stöbern zu können, wie er sagte; wo man noch etwas anderes fand als Bergbücher. Natürlich hatte ich welche da, aber nicht ausschließlich, bloß meine Lieblinge. Nur weil man in Chamonix ist, muss man nicht unbedingt von Besteigungsberichten und Gipfelfotos besessen sein. Ich wollte von Anfang an meine Marke setzen. Und so hatte ich alles Mögliche im Angebot, Klassiker, Zeitgenössisches, Sachbücher …

Mit Literatur kannte er sich nicht aus, aber er war neugierig. Für mich das Ideal. So konnte ich einfach drauflosreden.

Er blieb immer länger.

Während er da war, tat ich so, als wäre ich sehr beschäftigt, ganz in meine Arbeit vertieft. Man verteidigt sich, wie man kann.

Irgendwann kannte er meine Regale auswendig, und seine mussten im Laufe der Zeit immer voller geworden sein! Aber er wollte mir unbedingt seine Lektüreeindrücke mitteilen, und trotz aller Verteidigung …

«Also wenn ich Zeit hätte, würde ich ein Buch über die Entstehung der Namen im Gebirge schreiben.»

«Ach ja?»

«O ja, sehen Sie sich doch um, noch der kleinste Kieselstein hat einen Namen, haben Sie sich nie gefragt, woher das kommt? Nehmen Sie zum Beispiel den Mont Maudit.»

So war er, ein bisschen neben der Spur, immer für eine Überraschung gut. Ich sagte mir zwar, na klar, das ist nichts Neues, die Wissenschaft der Bergnamen heißt Oronymie, darüber gibt es sicher ungenießbare Abhandlungen und Theorien, so nüchtern wie Messbücher, aber es war nicht dasselbe. Aus seinem Mund fand ich es wunderbar romantisch, voller Poesie.

Eines Tages hat er all seinen Mut zusammengenommen und es gewagt:

«Wie wär's, wenn ich Sie in den nächsten Tagen mal mit in die Berge nehme?»

Ich war sicher, dass das irgendwann kommen würde. Und er musste schon seit einer ganzen Weile an seiner kleinen Frage gefeilt haben.

«Na ja ...»

«Das ist doch selbstverständlich, oder? Sie haben mich geführt, haben mich durch die Bücher geführt, da kann ich Sie auch mal durch die Berge führen, oder? Das schulde ich Ihnen. Das heißt, nein, Pardon, ich meine, also wenn ich sage, ‹ich schulde Ihnen›, dann ...»

Der Arme, er verhedderte sich noch schlimmer als ich bei seinem ersten Besuch in der Buchhandlung.

Und eben das gefiel mir nicht. In meinem Revier hatte ich die Situation einigermaßen im Griff. Die

Berge hingegen waren sein Revier, und das änderte alles.

«Wissen Sie, ich habe wirklich nicht viel Erfahrung.»

Ich traute mich nicht, ihm zu sagen, dass ich die Wege an beiden Hängen des Tals, von Bellachat über den Col de Balme bis Prarion, auswendig kannte.

Er tat so, als würde er nichts merken.

«Wir können es ja ganz ruhig angehen, vielleicht die Midi-Plan-Tour, durchs Vallée Blanche? Oder lieber ein paar Felsen, auf die Aiguille de l'M?»

Da bekam ich etwas Panik, ich kenne mich zwar auf den Wanderwegen aus, aber das Hochgebirge …

«O nein, unmöglich, wie stellen Sie sich das vor, solche Touren habe ich noch nie gemacht!»

Sein Lächeln war seltsam, gleichzeitig befriedigt und sehr sanft.

«Eben drum.»

«*Fer-tig! Su-per! Los* geht's. Alles in Ordnung?»

Nein, nichts ist in Ordnung. Ich ärgere mich, dass ich da bin. Ich wäre besser in meinem Laden geblieben und hätte mich um meine Bestellungen gekümmert. Natürlich ist es großartig. Atemberaubend.

Natürlich ist es ein Wahnsinnsglück, diesen Mann ganz für mich allein zu haben, der mich behütet wie seinen Augapfel.

Und genau deswegen fühle ich mich nicht wohl.

Das ist mal wieder typisch für mich, ich ärgere mich, da zu sein, und zugleich darüber, dass ich mich ärgere. Dass ich mich nicht einfach darauf einlasse und dieses Geschenk voll auskoste.

«Sie gehen vor, einverstanden? Nur weil es ein etwas steilerer Abstieg ist. Meistens geht der Führer vor, aber nicht beim Abstieg, da eben nicht. Ich werde Sie sichern, obwohl es ganz ungefährlich ist, sehen Sie? Aber so ist es halt üblich.»

Ganz ungefährlich, von wegen. Ich sehe nichts als Weiß und Leere, eine ungeheure Leere …

Bis dahin war noch alles gut. Die Seilbahn zur Aiguille du Midi habe ich schon Dutzende Male genommen, nur zum Vergnügen. Diesmal aber muss ich die Plattform, das Restaurant, die Plüschmurmeltiere, die Welt der normalen Sterblichen verlassen. Diesen Grat aus Hartschnee mit den vielfarbigen Seilschaften, die wie Flaschenteufel auf- und absteigen, habe ich schon oft von der Plattform aus beobachtet, das gefiel mir, und heute bin ich selbst da, am Ausgang des kleinen, in den Felsen gegrabenen Tunnels, an diesen Burschen gefesselt, der mich unbedingt in seinen Schneerausch hineinziehen will, und ich war einverstanden, Sch…, ich war einverstanden!

«Da, gegenüber, der große Gletscher, das ist der Talèfre, in der Mitte ist eine Art Insel, sehen Sie das? Sie heißt Le Jardin, irgendwann nehme ich Sie mit dorthin. Da rechts ist der Grand Capucin, ist er nicht schön? Wir gehen an seinem Fuß entlang, danach zeige ich Ihnen die Combe Maudite.»

Ich lasse alles mit mir machen. Das habe ich auf dem Gletscherplateau unterhalb des Grats ein für alle Mal beschlossen. Den Jardin am Talèfre und die Combe Maudite kenne ich auswendig. Ich habe nie den Fuß dorthin gesetzt, aber ich kenne sie auswendig. Auch den roten Granit des Grand Capucin, ich kenne ihn in seiner ganzen Pracht und Tücke. Aus Bildern, Büchern und Berichten, denen ich stumm, mit offenem Mund und aufgerissenen Augen vor einem erkaltenden Kaffee lauschte.

Aber ich sage nichts. Ich lasse mich mitreißen.

Es ist zu schön.

Nach dem Vallée Blanche kam wie versprochen der Jardin, dann der Col des Dards, die Aiguille du Tour …

Es kam mir fast so vor, als würde er sonntags und montags absichtlich keine Kunden annehmen. Rückblickend sage ich mir, dass ich in jenem Jahr ein ganz schönes Loch in sein Budget gerissen haben muss. Donnerstags oder freitags öffnete er am späten Nachmittag die Glastür der Buchhandlung, ding-dong, stellte seinen Rucksack in eine Ecke, immer dieselbe, bei den Taschenbuch-Klassikern für Oberschüler, ich dachte, irgendwann reißt er mit diesem groben Sack noch was um, und stellte mir die rituelle Frage:

«Haben Sie am Wochenende schon was vor?»

«Na ja, der Laden ist geschlossen, also werde ich die Zeit nutzen, ich muss …»

Aus dem Stegreif stellte ich eine beeindruckende Liste zusammen, dazu musste ich mir nicht mal den Kopf zerbrechen, ich hatte immer einen ganzen Berg von Sachen zu tun, aber er hörte kaum zu. «So, so, ich dachte nämlich … vielleicht hätten Sie Lust auf die Dômes de Miage?»

Unseren ersten Abend verbrachten wir in der Couvercle-Hütte. Nicht in der neuen, sondern in der alten, darauf legte er Wert. Eine alte Baude, die unter einer riesigen Felsplatte kauerte, daher ihr Name (bei mir Pechvogel wird sie wohl an dem Abend einkrachen, wo ich drunter bin …). Es kam mir vor wie ein ganz neues Leben. Alles war so anders. Ich war begeistert von dem, was mir widerfuhr, zugleich packten mich wieder die alten Dämonen. Wo soll das hinführen? Wie weit wirst du dich treiben lassen?

«Was ist los, stimmt was nicht?»

«Doch, doch, alles in Ordnung. Ich … Ich hab nur so nachgedacht.»

«Aha. Und worüber?»

«Ach, nichts, unwichtig. Schön hier, nicht wahr?»

Wir saßen im «dichten Gras der Almen», wie Samivel geschrieben hatte, oder war es Frison, ich weiß nicht mehr. Zu unseren Füßen lag die riesige Talmulde des Talèfre, vor uns die Jorasses, rechts die steilen Eistürme des Géant und darüber der Mont Blanc.

«Da hinten ist der Moine, dahin nehme ich Sie auch irgendwann mit. Da links sind die Droites, dann die Courtes, und dann der Pass von … und die Felsgipfel von …, das da ist die Pointe Isabelle, und daneben …»

«Warum heißt sie Isabelle?»

«Aha! Jetzt merken Sie auf, was?»

Er sah so zufrieden aus, wie wenn ich ausrief: Es ist schön!

«Das ist zum Andenken an Isabella Straton, eine Engländerin, die …»

Oje, oje, Isabella Straton, und ob ich sie kenne! Eine Besessene, die mit einem Bergführer die Gipfel der Region abgegrast und ihn zum Schluss geheiratet hat. Geheiratet … Schnell das Thema wechseln.

Er ging nicht weiter darauf ein. Wahrscheinlich war es noch zu früh. Aber mir wurde plötzlich ganz heiß.

Berghütten sind etwas Besonderes. Während ich im Dunkeln zwei Zentimeter von ihm entfernt liege, bin ich genauso versteinert wie die Granitplatte über uns. Gibt es eine größere Vertrautheit, als im Dunkeln nebeneinanderzuliegen? Und zugleich die genauso große Nicht-Vertrautheit mit anderen, die nach Schlaf ringen, sich hin- und herdrehen, knurren, flüstern. Schläfst du? Nein, und du? Nein, ganz schön heiß, was? Sag mal, mir ist noch was eingefallen. Wo sind eigentlich die …?

Isabella Straton hat bestimmt in der Couvercle-Hütte geschlafen. Ob Jean Charlet wohl auch so neben ihr gelegen hat? Ob sie seinen Atem auch so gehört hat, sehr langsam, ganz nah?

Hör auf, Mädel, du redest Unsinn. Das war 1870, trotzdem muss sie einen Weg gefunden haben, sich abzusondern. Obwohl … irgendwie ist man hier außerhalb des Lebens.

Außerhalb des Lebens, genau, und ich liege hier und frage mich, wohin ich gehe.

«Und, gefällt er dir?»

Lucile lässt mich nicht aus den Augen, während sie mit dem langen giftgrünen Plastiklöffel langsam in ihrem frischgepressten Orangensaft rührt.

«Psst! Nicht so laut! Ich will nicht, dass ganz Annecy Bescheid weiß!»

Wir sitzen vor einem Café in der Rue Sainte-Claire.

«Außerdem ist es nicht so einfach. Selbst wenn er mir gefällt, was folgt daraus?»

«Pff! Du stellst dir vielleicht Fragen.»

Das ist typisch meine Schwester. Zur Lebensmaxime erklärte Improvisation, Verlieben als einziges Projekt, und eine pseudorationale Argumentationsweise, um das alles zu rechtfertigen; es ist ihr allerdings nicht immer gut bekommen. Aber das ist ihr völlig schnuppe, sie macht so weiter.

«Es gibt ja nicht so viele Männer, die einen Versuch wert sind. Vielleicht ist es die Chance deines Lebens! Ich sehe es förmlich vor mir: Du in deiner Buchhandlung, er in seinen Bergen, und … was macht er eigentlich im Winter?»

«Skilehrer, wie die meisten.»

«Per-fekt! Im Sommer in seinen Bergen; im Winter auf der Piste. Das ist ideal: Beschäftigung genug, damit er nicht ständig an dir hängt, aber auch nicht der Typ, den man nur am Wochenende sieht! Per-fekt!»

«Hör mal, ich mag es nicht, wenn du mir zynisch kommst, ich spiel da nicht mit, und ich werde auch nicht mein Leben einfach so umkrempeln, nur weil ich einem schönen, ziemlich netten, ziemlich zuvorkommenden Bergführer begegnet bin.»

«Meinetwegen, vergessen wir den Zynismus, wie du es nennst, ich würde eher Realismus sagen, aber gut. Du hast einen Mann getroffen, ziemlich so, ziemlich so, bei dem du weich wirst, doch doch, das kannst du nicht leugnen, und dem du ... Also, wenn ich dich recht verstehe, schwirrt er schon eine ganze Weile um dich rum!»

«Er schwirrt nicht um mich rum, wie du sagst, er ... Ach, ich weiß auch nicht mehr, du ...»

Wir müssen beide lachen; sie nervt mich zwar, aber gleichzeitig ...

Es heißt La Bergerie und es ist wirklich ein Schafstall. Umgebaut in ein Restaurant, lokale Spezialitäten, Fondue oder Raclette, dazu trinkt man Apremont oder Roussette, Alm-Atmosphäre. Ein früherer Kollege, der den Beruf aufgeben musste, weil ihm in einem Sturm am Dôme du Goûter drei Finger erfroren sind. Unseren ersten Restaurantbesuch hatte ich mir etwas urbaner vorgestellt, bestimmt nicht in Annecy, eher in Genf, Stadtflair, trendige Küche, bunte Cocktails … Aber eigentlich ist es hier ganz nett. Und er fühlt sich zu Hause.

«Marion, ich dachte, also, ich habe meiner Familie von Ihnen erzählt, von der Buchhandlung, den Büchern, auch von unseren Gesprächen und unseren Ausflügen. Und da haben sie gesagt, sie würden Sie gern kennenlernen, verstehen Sie?»

Da haben wir's. Ich habe gewusst, dass es irgendwann kommen würde. Ich dachte, ich wäre darauf vorbereitet, und nun ist es verpatzt, ich spüre, dass ich puterrot werde, und bringe nur eine Art Blöken heraus:

«Ach ja? Also, ääh … Warum nicht?»

Und dann stelle ich die dämliche Frage:

«Wo wohnen Ihre Eltern denn?»

Er reagiert betroffen, und ich könnte mich ohrfeigen.

«Ich habe keine Eltern mehr; mein Vater starb, als ich acht war.»

«Es …»

«Nein, nein, das konnten Sie doch nicht wissen. Es war bei einer Rettungsaktion am Grand Plateau, auf der Suche nach möglichen Lawinenopfern. Extrem schlechtes Wetter, die anderen sind wieder zur Grands-Mulets-Hütte abgestiegen, er nicht. Man hat ihn nie gefunden.»

«Und die Opfer?»

«Es gab gar keine.»

«Und … Ihre Mutter?»

«Sie hat es nicht überlebt. Eine entsetzliche Depression, die sie nicht überwinden konnte. Nach einem Jahr schließlich …»

Ich bin sprachlos, weiß nicht mehr, was ich sagen soll; ein Aussetzer.

«Und … wie alt waren sie?»

«Er achtunddreißig, sie fünfunddreißig.»

Jetzt bin ich so schlau wie vorher. Und nun? Zum Glück redet er weiter:

«Die Eltern meines Vaters haben mich in Les Contamines großgezogen. Mein Großvater war auch Bergführer, eine Familientradition, wie bei vielen hier. Aber er wollte es nicht. Für mich, meine ich. Er hat alles getan, um mich davon abzuhalten, er ertrug die Vorstellung nicht. Er sah mich als Lehrer in einer Schule in Cluses oder Annemasse, in Sicherheit. Aber die Berge waren mein Leben. Schon mit vierzehn machte ich mich bei jeder Gelegenheit heimlich zu den Schäfern auf den Almen davon. Mit sechzehn ging ich alleine zur Tré-la-Tête- oder zur Tête-Rousse-Hütte. Mit achtzehn habe ich mich an den Voie du Pape zum Mont Blanc gewagt. Seine Kollegen haben mich völlig erschöpft von Vallot zurückgeholt. Danach bekam ich die schlimmste Gardinenpredigt meines Lebens zu hören. Also habe ich erst mal in Grenoble meinen Mathe-Abschluss gemacht, weil ich ihm keinen Kummer bereiten wollte. Aber dann konnte ich doch nicht anders: Lehrgang als Bergführeraspirant, dann die komplette Ausbildung. Erst war er sauer, aber als ich mit meinem Diplom nach Hause kam, hat er vor Stolz geweint, und wenn er heute von mir spricht, sagt er immer: ‹Er ist Bergführer, wissen Sie?›»

Ich sage nichts. Schäme mich fast für meine geradlinige Kindheit am See, wo mir höchstens Gymnasium und Studium ein wenig Anstrengung abverlangten, bis meine Eltern bereit waren, ihre Ersparnisse zu opfern, damit ich meinen Traum wahr machen konnte.

«Und Sie, Marion? Erzählen Sie ein bisschen von sich.»

Ich weiche aus. Ich habe keine Lust. Ich finde es belanglos, was ich zu erzählen habe. Vielleicht ist es dafür noch etwas zu früh.

«Nehmen Sie mich irgendwann über den Voie du Pape mit zum Mont Blanc?»

Ich erinnere mich an den Tag, an dem wir aufgehört haben, uns zu siezen.

Den Anfang habe ich gemacht. Es war am Index, in den Aiguilles Rouges; meine erste echte Alpintour. Bisher war ich nur als Halbwüchsige mit meinem Vater an den Gaillands geklettert, er hatte mir das Wichtigste beigebracht, was man am Seil und mit ein bisschen Hardware, wie man heutzutage sagt, können muss. Ich fand es nicht schlecht, aber besonders angetan war ich auch nicht. Ich war froh, dass ich halbwegs zurechtkam; aber meine Sache waren die Pfade, die Almen, die kleinen, im Granit eingebetteten Gletscherseen, bis hin zu harmlosen Geröllfeldern und den Moränen. Meine Abenteuer hörten da auf, wo es ans Anseilen ging.

Darum war ich auf den Pfaden der Flégère in meinem Element. Ein kleiner Bummel zwischen Rhododendren, ein kleiner Slalom zwischen den Felsbrocken, schon waren wir am Fuß unseres

Anstiegs angelangt, ohne dass ich wirklich Lampenfieber bekommen hätte.

«Sie werden sehen, es ist eine leichte Strecke, ohne Hindernisse, keine Felsabbrüche. Und dann die Aussicht! Es lohnt sich wirklich.»

In der Tat verlief alles gut. Bis auf eine etwas heikle Stelle, Schwierigkeitsgrad IV/IV+, da war ich extrem gefordert! Er zog mich ein wenig, aber ganz unauffällig, und ich hatte fast das Gefühl, es allein geschafft zu haben. Das war seine Stärke. Über uns gab es große Verschneidungen und Terrassen, die zum Rasten einluden. Unten, winzig klein, das Schwimmbad, der Golfplatz …

Wir ließen uns auf dem Gipfel nieder, um die Aussicht zu genießen. Sie war wirklich einmalig.

«Bewundern Sie das Eismeer?»

«Ja, das Eismeer, aber auch die Pointe de Walker, die Drus und besonders den Grépon. Ich liebe diese mythischen Orte. Meine Jugendlektüre. Den Grépon fand ich irgendwie immer besonders packend. In der Geschichte der Einheimischen nimmt er einen wichtigen Platz ein.»

«Wissen Sie, Marion, wenn Sie so weitermachen, nehme ich Sie bald dahin mit.»

Pff! Männer, was würden sie sich nicht alles einfallen lassen, um … Ich betrachtete dieses Monument aus zerklüftetem Granit. Unzugänglich. Der Familie der wahren Alpinisten vorbehalten. Ich habe nur mit den Schultern gezuckt.

«Ja, ja.»

Er hat seine Feldflasche und einen kleinen Kocher aus dem Rucksack geholt und zwischen den Steinen festgeklemmt.

«Haben Sie Lust auf einen Tee?»

«Einen Tee? Hier?»

«Ja. Warum nicht? Ich habe immer alles Nötige im Rucksack. Pullover, Trockenobst und alles Nötige, um Tee zu machen. Ohne das gehe ich nicht los.»

Es war, als wäre er zu Hause. Irgendwie war es ein magischer Moment. Eigentlich hasse ich Tee. Aber da … Ich habe einen rehbraunen Steinsplitter aus einem Spalt gelöst und in die Hosentasche gesteckt. Ich war sicher, ich würde mich niemals davon trennen.

«Na, dann machen wir uns mal an den Abstieg.»

Er hat alles in seinen Rucksack gepackt und ihn sich auf den Rücken geworfen. Der Abstieg! Daran hatte ich noch gar nicht gedacht. Ich nahm noch einen tüchtigen Schluck Landschaft und sagte mir: Ich komme sowieso wieder.

«Einverstanden. Wo geht's lang?»

Wir waren angeseilt geblieben, und er wies mir die Richtung:

«Da lang.»

Wir stiegen einen einfachen Kamin hinunter, dann einen etwa fünfzehn Meter langen schmalen Bergvorsprung.

«Oh! Aber da geht's ja gar nicht mehr weiter!»

«Doch, doch! Ich werde eine Abseilstelle einrichten, und wir lassen uns ganz allmählich auf den kleinen Pass dort unten hinab.»

Er wies auf einen teuflischen Abgrund und einen kaum erkennbaren, schmalen Schotterübergang in der Tiefe, der von einer Felswand zur anderen führte und auf dessen beiden Seiten die Leere drohte. Ich hätte gern geglaubt, dass er Spaß machte, dass er mich ein bisschen necken wollte; dann sah ich, wie er eine Schlinge durch einen dicken Haken fädelte, der im Felsen eingemauert war.

«O nein, stopp! Ich steige da nicht runter! Ganz sicher nicht!»

«Marion! Bei den Gaillands haben Sie das Gleiche schon x-mal gemacht! Sie steigen auf der Blauen ab, außerdem kann ich Ihnen versichern, dass es mit der Roten haargenau …»

«O nein! Gar kein Vergleich! Bei den Gaillands parken Autos, da gibt's den Imbiss, Touristen, die picknicken. Hier sind wir auf dem Planeten Mars, und es sind mindestens zweihundert Meter!»

Er deutete ein Lächeln an.

«Sagen wir vierzig.»

«Na wenn schon, das sind neununddreißig zu viel! Hören Sie zu, Pierre, ich gehe n…»

Ich weiß nicht, wie er es angestellt hatte, aber plötzlich hing ich in meinem Klettergurt und glitt langsam an dieser Wand entlang, die so glatt war wie mein Fenster.

«Geht's?»

Seine Stimme drang aus der Höhe zu mir herab, es hatte keinen Sinn, zur Antwort anzusetzen, ich war genauso blockiert wie die Verankerung hoch oben, die mich über der Leere hielt.

Irgendwann hatte ich wieder Boden unter den Füßen. Ich machte mich los und ließ mich völlig erledigt auf einen Felsen fallen. Binnen drei Sekunden stand er bei mir.

«Na also, geschafft! Sie waren perf…»

In mir kochte es. Ich sprang auf, meine Augen sprühten wahrscheinlich Funken, als ich ihn mit wütend ausgestrecktem Zeigefinger anfuhr:

«Wenn du mir noch EINMAL so übel mitspielst, dann … Oh, Verzeihung!»

Er lachte, das gleiche Lachen wie bei der Couvercle-Hütte, als ich ihn gefragt hatte, warum die Pointe Isabelle so heißt.

«Aha! Ich habe mich schon gefragt, wie es passieren würde!»

Ich kam mir ziemlich dumm vor.

«Was denn? Dass wir uns streiten?»

«Nein, das *Du*. Ich habe mich gefragt, wie wir es anstellen. Meistens passiert es ab viertausend. Das ist die Tradition. Aber der Indexpass ist auch ein hübscher Ort.»

Danach wurde es leichter, eine Klamm voller Geröll, und schließlich landeten wir wieder in der Welt der Murmeltiere und Rhododendren. Ich sagte nichts, weil ich nicht wusste, was ich sagen sollte, und er wusste es auch nicht so recht, weil er dachte, dass ich schmollte.

«Das ist ein alter Trick der Bergführer, auch der Skilehrer. Man stellt jemanden vor eine ordentliche Herausforderung, um ihn spüren zu lassen, dass man ihm zutraut, diese Herausforderung zu meistern. So bringt man ihn voran.»

Das hatte ich schon verstanden! Ich wollte gerade sagen, dass ich seinen Trick kenne, den sogenannten «Pygmalion-Effekt», aber dass ich keine Schülerin bin und wir keine …

«Ja?»

«Ach nichts.»

Bei der Flégère haben wir uns noch einen Moment auf einen Felsen gesetzt, um schweigend die Landschaft zu betrachten, bevor wir zur Seilbahn gingen. Der Abend senkte sich allmählich herab, uns gegenüber nahmen die Aiguilles langsam warme Töne an.

Schließlich brach ich das Schweigen.

«Pierre?»

«Ja?»

«Ist der Grépon eigentlich sehr schwierig?»

Bald fiel mir auf, dass ich gar nicht mehr allein in die Berge ging.

Merkwürdig, wie schnell man sich selbst vergisst. Ich fühlte mich fast schuldig, als würde ich meine Pfade und Almen im Stich lassen. Während ich in meinem Garten kniete, führte ich im Stillen Selbstgespräche und wog Für und Wider gegeneinander ab: Viel schlimmer wäre es, deine Akelei und die Purpurglöckchen zu vernachlässigen, sie vor Durst eingehen oder von Unkraut überwuchern zu lassen … Wer braucht dich schon da oben? Geht es dem Steinbrech und den Alpentroddelblumen schlechter, weil du nicht mehr stehenbleibst, um sie mit den Augen zu grüßen? Fehlst du etwa deinen kleinen verborgenen Seen?

Trotzdem. Wer sich wie ich so gern allein in die Einöde begab, wer sich so wohl darin fühlte, sollte sich das doch bewahren! Vielleicht würde ich es später bereuen. Vielleicht würde sich irgendwann eine Leere ausbreiten und mich traurig stimmen.

Dann gehe ich am Sonntag eben hoch zur Jonction. Oder besser zum Signal Forbes, unter den Petits Charmoz. Oder ich besuche die Murmeltiere am Dérochoir. Ja, aber er wollte vorbeikommen … Soll ich ihm absagen, weil ich mit mir allein sein möchte?

Ich weiß nicht, was das größere Privileg ist. Etwas zu teilen oder allein für sich zu genießen? Einmal, ich war elf oder zwölf, feierten meine Eltern, meine Schwester und ich in einem sehr vornehmen Restaurant am See meinen Geburtstag. Am Nachbartisch saß ein Mann, der ganz alleine aß, ein Luxusmahl, die teuersten Gerichte und einen edlen Wein, den man ihm geradezu ehrerbietig servierte. Dieser Mann machte mich traurig, denn nach meiner Vorstellung waren gute Sachen nur dann wirklich gut, wenn man sie mit anderen teilen konnte. Weil ihm niemand beim Festmahl Gesellschaft leistete, hätte ich ihn am liebsten an unseren Tisch eingeladen. Nichts ist einsamer als das Lesen, aber wenn man ein Buch geliebt hat, brennt man darauf, es jemandem zum Lesen zu geben.

Also, bewahre ich mir die Einöde, oder lasse ich mich mitnehmen?

An jenem Abend habe ich wie an fast jedem milden Abend alle Lichter ausgeschaltet und mich mit meinen Camels und dem alten Keramiktopf, der mir seit Urzeiten als Gartenascher dient, neben meine Stockrosen gesetzt. Es war Vollmond, und bei Vollmond ist das Gebirge vielleicht am schönsten. So kompakt und zugleich so gespenstisch in diesem Fantasylicht. Die Lärchenwipfel, der Plan de l'Aiguille, das schwarzweiße Geröllfeld des Pierre Pointue, aber auch der Grat der Cosmiques, der Tacul, der Maudit, der Dôme … und darunter der Gletscher von Les Bossons, der sich wie eine Flut bleicher Eistürme bis ins Dorf ergießt.

Und wo ist Marions Weg?

Am nächsten Morgen ging ich ins Schwimmbad. Vor zehn braucht eine Buchhandlung nicht zu öffnen. Deshalb gehört der frühe Morgen mir. Manchmal ist das Schwimmbad dran. An anderen Tagen geht es im Laufschritt den Pfad unter den Lärchen und die Route des Montquarts entlang zum Lac des Anglais. Oder in die Blaubeeren am Aufstieg Richtung Merlet. An dem Morgen war das Schwimmen dran. Eine Bahn nach der anderen, ganz entspannt. Ich hasse Menschen, die die Anstrengung bis zur Schmerzgrenze treiben. Wasser ist für mich das genaue Gegenteil: nur sanftes, gedankenloses Empfinden.

Aber was heißt schon gedankenlos … Bei einer Bahn hatte ich die Aiguilles vor mir. Die harten Nadeln aus Granit, wo gleichgültige Wolken schweifen, wie Samivel schrieb. Auf der Gegenbahn richtete ich den Blick auf das Gebäude, die Glaswände, versuchte mich allem zu entziehen, mich ganz auf das Wasser zu konzentrieren, das mich trug und sich vor mir öffnete. Und dann, bei der Wende, trafen mich die Aiguilles wieder wie ein Schlag ins Gesicht. Das M, die Petits und die Grands Charmoz … und der Grépon. Dann Blaitière, die Ciseaux, der Fou, bis zur Aiguille du Midi, dieser ganze berauschende Rundweg über der Welt der Lebenden.

Und der Grépon. Seit dem Sätzchen: «Wissen Sie, Marion, wenn Sie so weitermachen, nehme ich Sie bald dahin mit» ging mir diese Festung aus zerrissenen Felsen nicht mehr aus dem Kopf. In der Bibliothek meines Vaters hatte ich die Erzählungen aus meiner Jugendzeit wiedergefunden, die Ruhmestaten der Engländer, als Whymper, Mummery oder Young mit ihren Schweizer Bergführern den Ortsansässigen auf deren eigenem Boden den Rang abliefen und vor deren Augen die Unschuld jener gefallenen Mädchen raubten, deren Schwachstellen die Chamoniards nicht hatten finden können. Niemals hätte ich mich getraut, es Pierre zu gestehen, aber ich hatte die Tourenbeschreibungen in den Alpinistenhandbüchern verschlungen und konnte sie auswendig. Die Passage des CP, der Grand Gendarme, der Venetz-Riss waren mir bald ebenso vertraut geworden wie die Rue Michel-Croz oder der Pierre à Ruskin. Und die Vire à Bicyclette! Er hatte recht, die Namen sind faszinierend. Raz de Sein, Baie des

Trépassés – beschwören diese Namen nicht eine ganze Welt? Die Vire à Bicyclette hatte ich noch nie gesehen, nicht einmal auf einem Foto, aber ich hatte sie in meinem Kopf aufgebaut, über dem Nichts hängend … Ich habe es genossen wie ein längst vergessenes Bonbon, ein Bonbon von der Großmama, dessen Geschmack man nach Jahren wiederfindet. Jedem seine *madeleine*.

Ich war sicher, dass er dort war. Dabei hatte er mir nichts über seine Wanderpläne für diese Woche erzählt. Vielleicht war er ein wenig entmutigt; ich muss zugeben, dass ich dummerweise Desinteresse heuchelte, wenn er darüber sprach. Wahrscheinlich wollte ich etwas Distanz schaffen. Mir nichts anmerken lassen. Dumme Gans! Aber wenn ich dann allein im blauen Wasser schwamm …

Ich spüre, dass er dort ist. Mir gegenüber. Und ich bin hier. Warum ohne mich am Grépon?

Und vor allem: mit wem?

Es war an seinem Geburtstag.

Ich hatte etwas ganz Verwegenes getan, so verwegen, wie sich alleine in die Nordflanke der Droites zu wagen oder sich an Mariä Himmelfahrt mit nackten Brüsten auf die Terrasse des M oder des Alpenstock zu setzen: Ich hatte ihn zum Abendessen eingeladen. Zu mir. Nicht auf neutralen Boden, weder in ein anonymes Restaurant noch in ein bekanntes. Zu mir. Nach Les Bossons. In mein ureigenes kleines Universum.

Ich hatte tagelang gezögert, und dann …

Ich hatte an alles gedacht: Rosé-Champagner, Jakobsmuscheln (Hallo, Papa, ich brauche … Ich wollte dich nur fragen, wie temperiert man einen Meursault?), Entenbrustfilets, Sorbets, die ich meinen Freunden vom benachbarten Campingplatz anvertraut hatte, weil ich kein Gefrierfach besitze, kurz und gut, ich hatte an alles gedacht, sogar an ein kleines Geschenk: zwei Ausgaben einer Alpinistenzeitschrift über die Entstehung der Namen in der Mont-Blanc-Gruppe, die ich bei einem Antiquar in Annecy aufgestöbert hatte.

Er war mit einem Kunden beim Gervasutti-Couloir und hatte mir gesagt, dass er gegen vier mit der Seilbahn von der Aiguille du Midi zurückkommen würde. Der Gervasutti-Couloir ist eine teuflische Eisrutschbahn am Mont Blanc du Tacul, eine sechshundert Meter hohe und dreißig Meter breite, zwischen zwei finsteren Felsvorsprüngen eingeklemmte Wand, der Stoff, aus dem meine Albträume sind. Warum muss man sich das Leben so verdammt schwer machen, wo man doch den gleichen Gipfel über einen normalen Weg, der sogar anfängertauglich ist, erreichen kann? Fortschritte will ich doch nur machen, damit du mich mitnehmen kannst, damit ich meine Traumorte erreiche, wie den Grépon oder die Drus, und weil es zum Grépon oder den Drus nun mal keinen leichten Weg gibt. Aber da??? Er hielt mir die Eleganz der Strecke entgegen, das konnte ich noch verstehen, die Faszination der Leere, das auch noch, aber den Reiz der Schwierigkeit an sich … Da kam ich nicht mehr mit.

Jedenfalls war er dort, und ich beschloss, ihn

abzuholen, als kleine Überraschung, nur zum Spaß. Ich bastelte ein Schild: «Ausnahmsweise ist die Buchhandlung heute ab 15.45 Uhr geschlossen. Danke für Ihr Verständnis» und klebte es an die Glastür. Im kleinen Bad hinter dem Verkaufsraum machte ich mich ein bisschen schön, dann flitzte ich zur Talstation der Seilbahn.

Bis fünf Uhr habe ich mir eigentlich keine Sorgen gemacht. «Gegen» vier ist vage; und das Können der Kunden ... Da weiß man nie.

Gegen halb sechs wurde mir bewusst, dass ich die Ankommenden bei jeder Ankunft der Seilbahn an der Talstation mit wachsender Beklommenheit musterte.

Eine halbe Stunde später fing ich an, mir entsetzliche Szenen auszumalen: eine lockere Eisschraube, verrenkte Körper, die ins Leere stürzen, und dann diese Eistürme direkt über der Schlucht!

Um halb sieben war ich völlig aus dem Häuschen, wie meine Mutter immer sagt. Ich ging zu einem Seilbahnwart.

«Wann kommt denn die letzte?»

«Sie fährt gerade oben ab.»

«Dann ist sie in zwanzig Minuten hier?»

Er musterte mich; ich war wohl ziemlich aufgelöst.

«Sicher.»

«Danke.»

Ich ging raus, er rief mich freundlich zurück.

«Stimmt was nicht, Madame?»

Ich zögerte. Wozu auch? Und vor allem: mit welchem Recht? «Nein, nein …»

Er war drin. Ich erlebte einen merkwürdigen Moment: blinde Wut und heißes Glück zugleich. Ihn ohrfeigen, ihm um den Hals fallen … Ihm um den Hals fallen, ihn ohrfeigen … Ich tat weder das eine noch das andere. Ich blieb auf Abstand, halb hinter einem kleinen Bus versteckt. Er unterhielt sich noch mit seinem Kunden, sie wechselten zum Abschied ein paar Worte, wie man es nach einem gemeinsamen Erlebnis tut. Endlich ging der andere weg.

«Ach … Du bist hier?»

«O ja, ich bin hier! Seit vier!»

«Seit vier?»

«Du hattest gesagt: gegen vier!»

«Ach so? Hatte ich das gesagt? Weißt du … Na ja, wir haben bei den Cosmiques haltgemacht, ehe wir abgestiegen sind. Dort haben wir Manu getroffen. Morgen macht er mit zwei Engländern die Rébuffat-Tour, und dann …»

«Hör auf, bitte, hör auf, Pierre, ich …»

Und ich brach in Tränen aus.

Er stand wie angewurzelt da, mit hängenden Armen, den großen Rucksack auf dem Rücken, wodurch er noch verlorener wirkte. Plötzlich fühlte ich mich schuldig. Ich versuchte, mich wieder in den Griff zu bekommen.

«Entschuldige. Es ist gleich vorbei. Entschuldige!»

«Aber Marion, was ist denn los?»

«Gar nichts, es ist schon gut. Du hattest gesagt: gegen vier, verstehst du? Darum war ich in Sorge, das ist alles.»

Ganz kurz durchfuhr mich ein Gedanke: Haben Männer überhaupt ein Gehirn? Offenbar nicht!

«In Sorge? Aber warum?»

Ich habe mit beiden Händen das Revers seiner Bergjacke gepackt.

Ich habe zugedrückt, bis mir der Reißverschluss weh tat.

Ich habe ihm tief in die Augen geblickt.

Und dann, mitten auf dem Platz, unter den im Abendrot auflodernden Aiguilles, habe ich ihn angeschrien:

«Weil ich dich hasse, du Blödmann!»

Zweiter Teil

Einige Tage nach unserer Hochzeit standen wir an einem schönen, sonnendurchfluteten Morgen am Ufer des Lac Cornu. Das ist ein Ort, den ich besonders liebe. Ebenso wie die darüberliegenden Lacs Noirs hatte er einst meine kindliche Phantasie geprägt. Das Land der Ursprünge, der Wurzeln, das Land des Schweigens, das vor allem anderen entstanden ist.

Ich habe meinen Rucksack abgestellt, Schuhe und Socken abgestreift und mich auf eine große, schon aufgewärmte Granitplatte am Wasser gelegt. Glückseligkeit pur. Nur dass …

«Was ist los? Stimmt was nicht?»

«Alles in Ordnung, wirklich, uns geht es doch gut, oder?»

«Ich weiß nicht, ich habe das Gefühl, dass du … dass dich irgendetwas umtreibt.»

Er lachte etwas verlegen.

«Na gut, also … weißt du, als ich dreizehn oder vierzehn war, habe ich ein Buch von Casteret geschenkt bekommen, darin war ein Foto, das er von seiner Frau gemacht hatte. Da badet sie in einem Pyrenäensee, auf dreitausend Meter, mit einem Arm auf Firnschnee gestützt, der im Wasser schwimmt. Und ich habe mir vorgestellt, wenn ich später mal … also, wenn ich verheiratet wäre, würde ich auch so ein Foto machen.»

«Waas? Bist du verrückt? Weißt du, wie kalt das Wasser ist?»

«Na ja, drei, vier Grad. Aber in den nordischen Ländern gibt es einen Haufen Leute, die extra ein Loch ins Eis hacken, um zu baden. Und für jemanden, der am Col du Midi biwakiert hat …»

«Die sind das gewohnt, und ein Biwak, sogar im Schnee, ist ganz was anderes. Und außerdem …»

Ich suchte ein unwiderlegbares Argument.

«Außerdem habe ich keinen Badeanzug.»

Er lachte.

«Hatte sie auch nicht! Was macht das schon? Du siehst doch, hier ist kein Mensch! Stell dir das mal vor, im Badezimmer, in 50 x 60 über der Wanne, wär doch toll, oder?»

«Natürlich, besonders für die Gäste, super! Marion, wo kann ich mir die Hände waschen? O nein, unmöglich, das Bad ist wegen eines privaten Aktfotos für die Öffentlichkeit gesperrt!»

«Nicht doch, man wird gar nichts sehen, nur dein Gesicht und die Schultern und einen Arm, der auf dem Firnschnee liegt, da, siehst du? Wie in meinem Buch.»

Er ist verrückt. Ich habe einen Verrückten geheiratet. Das versuchte ich mir einzureden, aber zugleich spürte ich, wie mein Widerstand erlahmte. Ich unternahm einen letzten Versuch:

«Und zum Abtrocknen? Ich habe kein Handtuch.»

«Doch, doch, ich habe eins in den Rucksack gesteckt, das große weinrote, das du besonders magst.»

Da habe ich meinen Klettergurt aus dem Rucksack gezerrt und ihm an den Kopf geworfen.

«Verräter! Schurke! Unwürdiger Gemahl! Du hast alles bis ins Kleinste geplant, stimmt's?»

Er lachte schallend.

«Na ja ... stimmt, ein bisschen schon.»

Pff! Was man nicht alles machen soll! Andrerseits war diese Geschichte von dem Gelübde vor einem Foto in einem Schmöker wirklich rührend.

Ich habe mein T-Shirt ausgezogen, ohne die Gipfel und den Weg aus den Augen zu lassen.

«Komm, entspann dich, ich schwöre dir, wir

sind ganz allein. Hast du nicht gesehen, als wir über den Pass gegangen sind? Die Aiguilles Rouges sind heute menschenleerer als das *Mare Serenitatis*!»

Ich wusste genau, dass er recht hatte. Also machte ich weiter. Irgendwie war es auch angenehm. Ich kam mir extrem romantisch vor. Die wilde Natur in ihrer unberührten Schönheit und ich mittendrin, nackt wie am ersten Tag …

Romantisch war es nur, solange ich am Ufer stand! Sobald ich den Fuß eintauchte, machte sich die Realität grausam bemerkbar.

«Hör mal, Pierre, das geht einfach nicht! Du kannst es dir nicht vorstellen, es ist …»

«Doch, doch.»

Er wartete mit seinem großen schwarzen Apparat in Händen.

«Bitte!»

Also bin ich weitergegangen; ich bin stark wie ein Bär, ich trotze allen Gefahren, ich widerstehe allem und werde bei einem «bitte» und einer Jugenderinnerung weich.

Bei den Oberschenkeln dachte ich, ich sterbe; beim Bauch dachte ich, ich sterbe; bei den Brüsten dachte ich, ich sterbe.

«Mach schon, mach schon, sonst …»

Ich habe mich in das Handtuch gestürzt, das er

weit ausgebreitet vor sich hielt. Ich bibberte derart, dass ich kein Wort herausbrachte. Er hat mich mit dem Handtuch am ganzen Körper abgerieben, so kräftig, dass meine Haut am Ende förmlich brannte.

«Danke! Und weißt du, ich wollte dir sagen … Du bist sehr schön.»

Mag ja sein, dass Verliebtsein Unsinn ist, aber es tut so gut.

Allmählich ist der Alltag eingezogen.

Pierre hatte seine kleine Mietwohnung am Bahnhof von Montenvers aufgegeben und Zahnbürste und Eispickel in Les Bossons abgestellt. Außerdem bereicherte er meine eigene Bibliothek mit den unzähligen Bänden, die er im Laufe seiner Verführungsversuche erworben hatte.

Ich war in Les Contamines gewesen, er war nach Annecy gekommen, mich hatte man wie eine Prinzessin begrüßt, er wurde empfangen wie … ein Bräutigam.

Jeder hatte sich genau so verhalten, wie ich es vorausgesagt hätte. Seine Großeltern waren voller Begeisterung und Herzlichkeit; mein Vater suchte vorsichtig nach Übereinstimmungen; meine Schwester gab sich cool, und meine Mutter … Eine Dame, die einen Schwiegersohn empfängt, besser gesagt einen potentiellen Schwiegersohn, muss ihn ja nicht gleich ins Herz schließen.

Kurzum, alles war ziemlich gut gelaufen, die Rituale wurden eingehalten, aber ich merkte schnell, dass ich zu seinen Verwandten engere Bindungen knüpfen würde als er zu meinen.

Es war nicht das erste Mal, dass ich mehrere Tage in Folge mit demselben Mann frühstückte. Ich verschenkte mein Herz zwar nicht so leicht wie Lucile, hatte jedoch ab und zu genug Kraft gehabt, das Abenteuer zu wagen. Es hatte nie länger als ein paar Monate gehalten, mich aber auch nicht übermäßig verletzt. Ein wenig ernüchtert, mehr nicht.

Mit ihm war es anders.

Ich habe mich genüsslich der leichten Benommenheit hingegeben, die aus dem Gefühl entsteht, nicht mehr allein zu sein. Ich habe bis zum Rausch die Wonne eines warmen Körpers neben mir, bei mir ausgekostet. Ich fühlte keinerlei Widerwillen, als er sich nach und nach mein Chalet aneignete, im Gegenteil; und dabei war es doch mein Nest, viel mehr als das «richtige» Haus in Annecy, meine Höhle, mein Reich, mein Territorium. Schon als kleines Kind hatte ich ewige Bande zu diesem magischen Haus geknüpft. Weil es außerhalb der Zeit, der Ferienhort war, weil es den Blick auf die wunderbarste Landschaft eröffnete, weil man dort sah, wie sich Unwetter zusammenbrauten, weil es aus Holz war, wie in den Märchenbüchern.

Er kam und gehörte dazu, weil ich wollte, dass er dazugehörte.

«Was ist das?»

«Die Sonate für Violine und Cello von Ravel. Ist das nicht schön?»

«Ja, also es ist … eigen.»

«Eigen?»

«Na ja, es ist ziemlich traurig, oder?»

«Traurig? Finde ich nicht. Wehmütig, das ja, aber nicht traurig.»

«Wenn du meinst. Ist wehmütig und traurig nicht so ziemlich das gleiche?»

«Nein.»

«Na dann.»

Allmählich ist der Alltag eingezogen.

Ab und zu nahm er mich mit in die Berge. Mit Stammkunden, die er gut kannte. Alle Bergführer haben solche Kunden. Es sind keine Freunde, es sind Kunden, aber im Laufe der Zeit entwickelt sich eine Beziehung; manche fragen irgendwann nach *ihrem* Bergführer, wenn sie einen Ausflug planen, sie wollen keinen anderen mehr. Ich möchte über die Arête des Papillons am Peigne gehen, ist Soundso frei? Nein, tut mir leid, aber wir finden einen Ersatz, kein Problem. Eigentlich … nein, danke, ich warte, bis er frei ist, ich bin an ihn gewöhnt, verstehen Sie?

So fand ich mich in den Rang eines Aspiranten befördert, «Aspi», wie man die jungen Leute nennt, die unter Führung von Älteren ihre Ausbildung machen, aber natürlich hatte ich nicht das Niveau eines echten Aspi.

So konnte ich bei ihm und zugleich in den Bergen sein; ich setzte meinen Ehrgeiz darein, mich in der Seilschaft nützlich zu machen, zugleich bemühte ich mich, möglichst viel zu lernen, schließlich wollte ich auch vorankommen, das wurde mir immer wichtiger, und es ging tatsächlich voran. Auf Schneegipfeln wie dem Bionnassay oder am Rochefortgrat war ich bald wie zu Hause, auf den Felswegen in den Aiguilles Rouges oder am Moine fühlte ich mich immer wohler. Einmal bin ich vor Freude und Verlegenheit errötet, als ich hörte, wie ein Kunde, nachdem ich auf der letzten Strecke an der Aiguille Ravanel die Führung übernommen hatte, unter mir zu Pierre sagte: Ihre Frau klettert nicht, sie tanzt.

Inzwischen komme ich fast überall zurecht, jedenfalls im Rahmen des Machbaren. Unbegehbare Wege sind nicht mein Fall. Ich will nicht leiden.

Schließlich habe ich ihn bekommen, meinen Grépon!

Schon seit einer Weile sagte Pierre zu mir, wir könnten ihn in Angriff nehmen, ich sei reif.

«Marion? Sie klettert wie eine Katze! Eines Tages wird sie mich abhängen!»

Das sagte er gern zu seinem Großvater, seinen Kollegen, zu Benacchio, dem Gemischtwarenhändler in Les Bossons. Mir gefiel es. Ich hatte das Gefühl, zur Gilde der Eingeweihten zu gehören, zur Gilde der Wissenden.

Es war prächtiges Wetter, und ich spürte, wie das Wunder wirkte, sobald wir den Grand Balcon verlassen und der Welt der gewöhnlichen Wanderungen den Rücken gekehrt hatten. Auf dem Pfad war ich noch im normalen Leben, aber beim Aufstieg zum Glacier des Nantillons, unter dem reinen, verblassenden Himmel der herbstlichen Morgendämmerung, betrat ich die Bücher meines Vaters, die Bücher, die man andächtig aus dem braunen Nussbaumregal holte, nachdem man um Erlaubnis gebeten hatte; die Bücher mit den ungebleichten Seiten und dem Umschlag, den ein schönes Foto in grau und weiß zierte, die Bücher, deren Geruch nach langsam gealtertem Papier das Schlafzimmer im gelblichen Licht der Nachttischlampe erfüllte.

Ich habe alles bekommen.

Den Bergschrund, die Schlucht, den mythischen Spalt.

Als Pierre sagte: Das ist der Mummery-Riss, war ich nicht sicher, ob ich mich trauen würde; ich musste mich zwingen, musste mich auf die Tausenden von Hände besinnen, die seit 1881 diesen Riss berührt hatten, um mich zu überzeugen, dass ich keine Schändung beging.

Und die Vire à Bicyclette ... Da war ich wieder zwölf Jahre alt; ich lief auf dem über der Leere gespannten Granitseil, das schon so lange auf mich wartete; und endlich spürte ich ganz tief in mir das zwiespältige Vergnügen eines Abgrunds unter den Füßen.

Ich wusste, wer mich auf dem Gipfel erwartete, eine achtzig Zentimeter hohe Marienstatuette aus Aluminium, die den Kopf zum Tal neigt. Die Bergführer hatten sie in den zwanziger Jahren dort hinaufgebracht und auf einen Granitsockel gesetzt. Ich habe ihr die Wange gestreichelt, ich weiß, dass es albern ist, aber ich konnte es mir nicht verkneifen.

Dann habe ich ein unförmiges, schweres Paket aus dem Rucksack geholt, eingewickelt in einen alten Wollpullover. Unter dem verdutzten Blick meines Bergführers und Gatten habe ich es vorsichtig ausgepackt.

«Was ist denn das?»

«Das ist dein Fotoapparat … Du hast gesagt, ich könnte ihn benutzen, so viel ich will, also habe ich ihn mitgenommen.»

«Natürlich kannst du ihn benutzen, er gehört dir genauso wie mir, keine Frage, aber hier? Und mit dem großen Teleobjektiv? Das wiegt zehn Kilo! Konntest du nicht deinen nehmen, ich meine den kleinen?»

«Aber der kleine hat eben kein Teleobjektiv, und ich will ein Foto aus großer Entfernung machen.»

«Aus großer Entfernung? Unser Haus?»

«Nein, nicht das Haus. Obwohl, warum nicht? Aber ich hatte was anderes vor.»

Er sah mich an und fragte sich, worauf ich hinauswollte.

«Pierre, das hier ist der Grépon.»

«Ja, der Grépon.»

«Und was verbindest du damit?»

«Na ja … Dass du schon lange herkommen wolltest, dass du in den Büchern deines Vaters … und dann Mummery, Burgener, dass du davon geträumt hast und …»

Ich zeigte auf eine kleine, bescheidene Spitze auf der gegenüberliegenden Seite des Tals.

«Die Bücher meines Vaters sind das eine, und dieser Ort ist das andere. Da, gegenüber. Die kleine rote Spitze namens Index, wo ein Mann mir das Klettern beigebracht hat, wo ich glücklich war, an ihm angeseilt zu sein, und wo ich ihn angeschnauzt habe, weil ich mich nicht getraut habe, ihm meine Liebe zu erklären. Und dort, mit Blick auf unseren jetzigen Standort, habe ich dem Mann erklärt, dass ich diesen Berg liebe, und er hat mir versprochen, mich eines Tages hierherzuführen. So war's. Darum schleppe ich einen zehn Kilo schweren Fotoapparat samt großem Teleobjektiv in meinem kleinen Rucksack mit, weil ich den

Gipfel drüben, auf den du mich damals mitgenommen hast, von diesem Gipfel aus fotografieren will, weil ich damals nicht zu glauben wagte, dass du mich jemals hierherführen würdest.»

Er hörte angespannt zu, er versuchte mir zu folgen, aber gleichzeitig spürte er genau, dass er einen Bock geschossen hatte, ein bisschen so, wie wenn man einen Geburtstag vergisst.

«Marion, es tut mir leid, ich bin wirklich zu blöd.»

«Nicht doch, du bist nicht blöd! Mir tut es leid, ich bin einfach zu … zu sentimental, verstehst du?»

Wie immer war ich es, die sich am Schluss entschuldigte.

Im Winter wechselte er vom Hochgebirge auf die Skipisten. Er verbrachte seine Tage im Pulverschnee, der meine geliebten Almen bedeckte, an der Flégère, bei den Grands Montets, am Col de Balme. Er ging dorthin, wo man ihn brauchte, je nach der Nachfrage und dem Andrang mehr oder weniger begabter Urlauber.

Ich mag den Winter. Ich glaube, wenn man die Natur mag, mag man den Winter. Jedenfalls den richtigen, den von hier, in den Bergen. Wochenlang grauer Himmel und peitschender Regen? Nein danke! Aber hier bedeutet Winter: die Aiguilles vermummt, die Lärchen bereift, abends die beleuchteten Schaufenster in den schneeweißen Straßen, die wahre Heimat des Weihnachtsmanns.

Ehrlich gesagt ist der Himmel an manchen Tagen auch ein bleierner Deckel, sind die Straßen voll mit ekligem Schneematsch, ist man mörderisch schlechter Laune.

Aber alles in allem mag ich ihn. Besonders den Schnee. Es grenzt an Faszination, es geht so weit, dass ich kaum zu laufen wage; ich ertrage den Gedanken nicht, den Schnee zu besudeln. Zu Hause vollbringe ich wahre Kunststücke, um den Garten nicht zu beschädigen. Ich drücke mich an der Hauswand entlang, um diese vergänglichen Momente zu bewahren. Kurz gesagt, mir graut's, wenn's taut. Ich habe nie ganz verstanden, warum ich so bin. Ich frage mich, ob es vielleicht von den Bildern in den Kinderbüchern kommt. Bei Schneestimmungen wachsen die Illustratoren oft über sich hinaus. Oder von Monets *Elster*! Als ich sie zum ersten Mal sah, war ich noch klein, und ich konnte es nicht fassen, ich konnte nicht fassen, dass man mit diesen fettigen Tuben, die einem zwischen den Fingern aufplatzen und den schönen nagelneuen Geburtstagsrock unwiederbringlich müllreif machen, ein solches Licht, eine geradezu spürbare Sonne und Kälte erzeugen kann.

Jedenfalls ist der Winter hier schön.

Und vor allem hatten wir ein halbwegs normales Leben. Ein Leben mit Machs-gut-mein-Herz-bis-später, mit täglichem Wiedersehen, sobald es dunkel wurde, mit gemeinsamen Abenden.

Es war angenehm. Weil ich genug hatte von der Stille im Haus, der Reglosigkeit der vertrauten Gegenstände, den kalten Laken, fand ich es sehr angenehm.

Aber manchmal zog er doch wieder los. Zwei- oder dreimal in der Saison, bei schönem, trockenem und beständigem Wetter, zog es ihn wieder hinauf. Mit einem Kumpel, zum Vergnügen. Anfangs machte mir das zu schaffen.

«Les Courtes? Im Februar? Weißt du, wie kalt es da oben ist?»

«Na eben, es ist was anderes, verstehst du? Erstens ist niemand dort, wir haben das Massiv ganz für uns allein, und zweitens ist das ein echtes Abenteuer, und außerdem …»

Nein, ich verstand nicht. Obwohl ich seit jeher wusste, dass eine Winterbesteigung für Alpinisten seines Kalibers eine Art Luxus darstellt, konnte ich es einfach nicht verstehen. Für mich hieß es nur, sich eine unnötige Folter zuzumuten, und obendrein fand ich es egoistisch, weil es noch gefährlicher war als sonst.

Tatsächlich fühlte ich mich im Stich gelassen. Im Sommer war er fast ständig unterwegs, ich hatte ihn nur hie und da, brockenweise, für mich allein, aber das war nun mal die Regel, ich hatte einen Bergführer geheiratet, das war sein Beruf, das war mein Leben. Jetzt war es etwas anderes; er verließ mich; ich hatte das Gefühl, bestohlen zu werden. Das war um so schmerzlicher, weil er der Dieb war.

Also versenkte ich mich in meine Bücher, verwickelte die Kunden in möglichst lange Gespräche, organisierte mir Abende mit Freundinnen. Allerdings hatten sie auch Ehemänner …

Ab und zu kam der Sohn oder die Tochter eines besorgten Kollegen auf eine Stunde zu uns nach Hause, um mit Pierre «Mathe zu treiben».

Ich liebte diese Nachmittage voller Lerneifer, an denen er wieder der Lehrer wurde, der er sein würde, wenn nicht die Leidenschaft über die großväterliche Sorge gesiegt hätte.

Im warmen Licht des alten Esszimmers aus Lärchenholz war auf dem großen Tisch meiner Kindertage kiloweise Papier ausgebreitet, und er erklärte mit der gleichen Leichtigkeit, die er in einem Granitspalt oder auf einem Eisgrat an den Tag legte, Integrale oder Gleichungen – je nach Alter des Schülers, der ihm so schicksalsergeben wie eine Siamkatze beim Tierarzt zuhörte.

Manchmal bot ich einen Tee oder eine Limonade an, um dem Unglücklichen eine willkommene Ablenkung zu verschaffen und mich zugleich ein wenig dazugehörig zu fühlen.

«Hättest du nicht auch Lust, das gleiche für Französisch oder Philosophie zu machen? Die Kinder sind wirklich nett. Und es ist ein tolles Gefühl, wenn man sie voranbringt.»

«Da kommt wieder der Bergführer durch. Natürlich ist es toll, Leute zu begleiten, sie an das heranzuführen, was man selbst kennt und schätzt. Ich finde es ja auch toll, jemandem Lust auf ein bestimmtes Buch zu machen und die Reaktion abzuwarten. Und wenn sie positiv ausfällt, wenn das Buch gut angekommen ist und mir dafür gedankt wird, bin ich darüber richtig froh. Aber Nachhilfe zu geben, das liegt mir einfach nicht.»

Ich wollte ihn nicht kränken, ganz im Gegenteil, ich bewunderte ihn, aber ich wollte auch nicht Rimbauds *Schläfer im Tal* oder Racines *Iphigenie* wie eine Schabe unter dem Mikroskop zerlegen, das hatte ich im Studium oft genug gemacht. Schon damals kam mir das sinnlos vor, aber es gehörte halt zum Pflichtprogramm. Wie sollte ich das jetzt irgendwelchen Knirpsen aufzwängen?

Also beschränkte ich mich aufs Zusehen, manchmal sogar nur aufs Zuhören, es war wie eine Hintergrundmusik. Ich weiß, es klingt merkwürdig, aber ich ließ mich durch diese Litaneien wiegen, die an meinem Bewusstsein entlangglitten, ohne einzudringen.

Es war, wie ihn beim Rasieren zu hören, wie das Wasser, das er überall verspritzte, und die Handtücher, die er im Bad auf den Boden warf, wie seine alten Seile, die im Schuppen hingen, wie sein Geruch in den Laken, wenn er fort war.

Ich fühlte mich unbesiegbar.

«Hören Sie, meine kleine Marion, ich würde Sie gern etwas fragen ...»

Ich weiß schon, was sie in ihrem Mund hin- und herwälzt, seit wir uns in diesem vornehmen Schweizer Teesalon im Zentrum von Martigny neben dem Kamin niedergelassen haben. Die Frage musste einfach kommen. Bei jeder anderen würde mich diese Frage ärgern, ich würde sie, zu Recht oder Unrecht, als Angriff auffassen, als unerträgliche Verletzung meiner Intimsphäre als Frau und unserer Intimsphäre als Ehepaar. Bei ihr ist es etwas anderes. Nicht nur, weil sie ihn aufgezogen hat. Sondern weil sie es ist und weil ich sie anbete, ganz einfach.

«Ich möchte mich natürlich nicht in etwas einmischen, was mich überhaupt nichts angeht.»

Ich lasse zu, dass sie sich in dieser komplizierten Frage verheddert, während ich ein Mandelplätzchen knabbere, nicht aus Bösartigkeit, vielmehr aus Zärtlichkeit, sie erinnert mich an ihren Enkel, an die ersten Male in der Buchhandlung. Ich lächle sie liebevoll an. Eine Seilschaft aufgeputzter Damen kommt an uns vorbei, um an einen freien Tisch zu gelangen, und begrüßt uns mit antiquierter Höflichkeit. Ich warte, bis sie außer Hörweite sind.

«Ein Kind, meinen Sie das? Sie möchten wissen, ob wir vorhaben, ein Kind zu bekommen, richtig?»

Ein entzückendes Erröten.

«Oh, es tut mir leid, hätte ich doch nicht … Bin ich töricht! Entschuldigen Sie bitte, Marion, ich bin ganz durcheinander.»

«Aber Sie haben doch nichts falsch gemacht, ganz im Gegenteil.»

Ich kann nicht anders: Ich greife nach ihrer Hand. Ich liebe diese Hände, die Hände einer alten Dame, sanft und trocken wie Pergament. Zum Schluss müssen wir beide lachen, sie mehr aus Verwirrung, bei mir ist es etwas komplizierter.

«Aber natürlich denken wir daran.»

Sie strahlt.

«Wirklich?»

«Ja, wirklich.»

«Ach Mädelchen, das ist der schönste Tag in ... Na ja, es gab auch den, als er Sie uns vorgestellt hat, aber jetzt!»

«Warten Sie, wir sind noch nicht so weit. Darum wollten wir noch nicht mit Ihnen darüber sprechen, aber seit einer Weile ... denken wir daran, verstehen Sie?»

Sicher versteht sie, aber vielleicht noch nicht alles; sie hinterfragt es nicht, sie ist im siebten Himmel. Sie wiederholt: Ach Mädelchen, Mädelchen ...

Ich werde ein wenig warten.

Wir dachten tatsächlich schon seit geraumer Zeit daran.

Ganz ehrlich: Als sie mir im Dampf ihres Bergamottetees die Frage stellte, hätte ich beinahe geantwortet «Wir versuchen es schon eine Weile», aber dann fiel mir gerade noch rechtzeitig auf, wie wenig zartfühlend diese Formulierung war. In Wirklichkeit steckten wir nicht mehr in der Phase unbekümmerter Planung, sondern lebten von Monat zu Monat in ängstlicher Spannung dahin.

Am Anfang hatte ich den ersten Schritt gemacht. Schließlich ist das bei uns so Usus.

Ich bin sicher, dass es ihn beschäftigte, aber insgeheim. Fehlte es ihm an Zuversicht, an Selbstbewusstsein, an Gewissheit? Ich weiß es nicht, ich werde es niemals wissen. Er schaffte es nicht, das Schweigen zu brechen, also habe ich es gewagt. Die Umstände tun nichts zur Sache, ich habe gewartet und gewartet, dann habe ich es einfach gewagt. Sofort hatte ich das Empfinden, dass es goldrichtig war. Er war begeistert.

In den folgenden Monaten wirkte er wie verwandelt: voller Lebensfreude, förmlich aufgeblüht. Ein richtiger werdender Vater. Er wollte sogar schon ein Zimmer einrichten!

«Noch nicht, das bringt Un... Jedenfalls nicht sofort. Warte ein bisschen, wir haben doch Zeit, oder?»

Also machte er Pläne, fing an, Vornamen zu suchen und sie in ein Heftchen einzutragen.

«Und der Laden?»

Er hatte recht. Meine Buchhandlung. Ich war noch nicht einmal schwanger, da musste man schon alles bedenken. Kindermädchen, Krippe?

«Nein, wir stellen eine Verkäuferin ein, ganz einfach.»

«Eine Verkäuferin?»

«Na klar, hör mal, es läuft gut, wir können es uns leisten. Nicht Vollzeit, aber du verkürzt die Öffnungszeiten, und dann ...»

Er hatte recht. Das war die einzige vernünftige Lösung. Und man durfte nicht bis zum letzten Moment warten. Ich wollte mir für die Auswahl gern Zeit nehmen, um mich später nicht mit irgendjemandem arrangieren zu müssen, den ich aus Zeitnot eilig aufgegabelt hatte. Für mich war die Buchhandlung viel mehr als ein Broterwerb, sie war meine Geschichte. Anderseits machte mir die Vorstellung Angst, nein zu sagen, zu enttäuschen, Hoffnungen zu zerstören. Es ist keine Kleinigkeit, ein fremdes Schicksal in den Händen zu halten. Selbst wenn es nur ein Bruchstück vom Schicksal ist.

Zum Glück ging es ziemlich schnell.

Sie gefiel mir von Anfang an.

So alt, wie ich gewesen war, als ich die Buchhandlung gekauft hatte, die gleiche verliebte Gier nach Büchern, Wörtern, Autoren, auch nach diesem Tal voller Granit und diesem Himmel voller Schnee.

Sie hatte bloß weniger Geld.

Sie hieß Marie-Ève.

«Ein phantastischer Vorname, findest du nicht?»

«Äh … ja, ganz hübsch. Hauptsache, du magst sie, ich meine, du kannst ihr vertrauen. Da ist der Vorname eigentlich …»

«Den habe ich doch nur erwähnt, weil du im Moment so viel über Vornamen nachdenkst.»

«Stimmt, aber … Du willst es doch nicht Marie-Ève nennen?»

«Aber nein, was bist du manchmal für ein Dummkopf! Ich meine bloß, es ist kein Vorname für jemand ganz Banales, jemand ganz Gewöhnliches. Es ist ein Vorname, da steckt doch, ich weiß nicht, da steckt irgendwas dahinter! Du interessierst dich doch so für die Entstehung der Gebirgsnamen, du möchtest doch immer verstehen, warum ein Gipfel Aiguille de la Persévérance heißt oder was Tacul oder Trélaporte bedeutet, komisch, dass ausgerechnet du das nicht verstehst.»

Er hätte mir gern eine nette Antwort gegeben, aber ihm fiel nichts ein.

«Du zum Beispiel heißt Pierre.»

«Ja.»

«Vergiss einmal, wer du bist, und konzentriere dich allein auf den Klang, auf diese kleine Melodie: Pierre.»

«Ja.»

«Was löst das bei dir aus?»

«Na ja …»

Ich wusste nicht mehr weiter.

«Pierre, bevor du mich geheiratet hast, hast du dich schon mal vermählt. Und zwar mit Granit, Gneis und Glimmerschiefer. Abgesehen von ein paar Menschen und Exponentialfunktionen, gibt es in deinem Leben vor allem Risse, Vorsprünge, Gipfel und Felsen. Felsen. Und woher stammt wohl dein Name? Verstehst du jetzt?»

Ihm fiel buchstäblich ein Stein vom Herzen.

«Stimmt. Ist ja komisch.»

«Das ist nicht komisch, das ist das Leben. Ein Vorname ist keine Nummer. Er gehört zum Menschen, verstehst du? Wie der Blick oder die Art zuzuhören oder einzuschlafen.»

Er nickte zwar bei jedem Wort, aber ich weiß nicht, ob ich ihm neue Horizonte eröffnete oder ob er mir nur eine Freude machen wollte.

«Maria ist die Mutter von Jesus.»

«Aber du bist doch Atheistin, darauf legst du immer so großen Wert!»

«Ja, klar bin ich Atheistin, aber hier kommt es auf den Symbolgehalt an! Und Eva ist die erste Frau, das ist doch auch sehr symbolisch. Die Mutter der Menschheit. Im Evakostüm ... Die ursprüngliche Reinheit, dann die Versuchung, die Schuld. Die Sünde, wie die Christen sagen. Weil sie es wissen wollte.»

«Gut. Kapiert. Und was bedeutet das nun für dich?»

«Im Grunde gar nichts. Es ist nur so, dass in ihrem Namen so vieles mitschwingt.»

«Schon klar. So gesehen hast du recht.»

So gesehen. Er sagte oft «so gesehen». Weil wir nicht die gleiche Wahrnehmung hatten, nicht die gleiche Art, die Dinge zu «sehen». Das war aber nicht wichtig. Wichtig war das Kind. Der Gedanke an ein Kind. Das ganze Leben begann darum zu kreisen.

Wie gesagt, es war nicht das erste Mal, dass ich es riskierte, mein Leben mit jemandem zu teilen.

Woran lag es, dass es mir dieses Mal endgültiger vorkam? Die Gefühle? Ehrlich gesagt nicht nur; ich weiß, dass es ziemlich hart ist, das so auszusprechen, aber nach all diesen Jahren kann ich es aussprechen: nicht nur. Allein im Chalet meiner Kindheit, allein in meiner Buchhandlung, allein mit meinen Bestellungen, meinen Rechnungen, meinen Krediten, meinen Verwaltungsschikanen, allein mit meinen Abenden, meinen Büchern, meinem Weckerläuten habe ich wohl geglaubt, was ich gern glauben wollte. Er hat mir Sicherheit gegeben, das, was ich am meisten brauchte.

Aber dann klaffte diese Lücke. Das Kind, das niemals gekommen ist.

Stattdessen erlebten wir, wie unser froher Optimismus allmählich in ängstliche Erwartung umschlug, die ängstliche Erwartung in schmerzliche

Resignation. Hinzu kam der obszöne Reigen von Arztbesuchen, in Annecy, in Genf, in Lyon, die Fragen, die man beantworten, die Untersuchungen, die man über sich ergehen lassen musste. Und die ganze Palette der Weißkittel, vom mitfühlenden Ausnahmemediziner bis hin zum gleichgültigen Idioten. Und immer die gleiche Antwort, alles scheine normal, jeder von uns könne mit einem anderen Partner wahrscheinlich ohne Probleme ein Kind haben, die Kombination allerdings …

Ich weiß schon, dass ich mich auch verändert habe. Alles, was ich liebte, schien auf einmal seinen Glanz zu verlieren. Die langen Gespräche mit den Kunden fielen immer knapper aus, meine Freundinnen, die Bäckerinnen oder Souvenirverkäuferinnen in der Rue de Vallot, gingen mir auf die Nerven, die Morgensonne auf dem Dôme du Goûter strahlte weniger hell. Sogar die Schüler, die abends zu uns nach Hause kamen, um mit Pierre zu arbeiten, konnte ich kaum noch ertragen.

«Marion … Ist was? Geht's Ihnen nicht gut?»

«Nein, nein, lass nur, Marie-Ève, es ist nichts.»

«Wissen Sie», sie konnte sich nicht durchringen, mich zu duzen; ich hatte vom ersten Tag an darauf bestanden, aber sie brachte es nicht fertig, «wissen Sie, Ich möchte wirklich nicht indiskret sein, aber …»

Die Arme, sie wand sich und wagte nicht, es auszusprechen.

«Das geht vorbei, Marie-Ève, das geht vorbei.»

Alles bedrückte mich. Während ich mich sonst für jede Kleinigkeit begeistert hatte, verlor das Leben für mich langsam, aber sicher seinen Reiz.

Auch zu Hause wurde es immer bedrückender.

Reden ist schwierig. Am Anfang des Ehelebens sagt man sich, dass immer Klarheit herrschen, dass man alles teilen, ein Herz und eine Seele sein wird, wie es sprichwörtlich heißt. Man sagt sich, dass Leid ebenso zusammenschweißt wie Glück, dass man ein richtiges Paar wird, wenn man von beidem gleich viel erlebt hat.

Für manche mag das ja zutreffen.

Für uns nicht. Bei uns machte sich das Unausgesprochene, das Schweigen breit.

Die Einsamkeit.

Zu schlimmen Szenen ist es nie gekommen, ein Glück auch, denn das hätte ich nicht ertragen. Ich wäre gegangen. Ich habe mich immer gefragt, wie es andere Leute in einem Klima von ständigem Konflikt, im ewigen Grabenkrieg aushalten. Für mich hätte schon ein einziges Mal alles zerstört. Wäre das letztendlich nicht besser gewesen? Nein, so stand es dann doch nicht um uns. Nein, so nicht …

Es verlief irgendwie schleichend, eine langsame, heimtückische, unmerkliche Abnutzung.

Die Tage wurden immer gleichförmiger, die Nächte auch.

«Also dann, Marion, ich geh ins Bett …»

«Ist gut.»

«Und du? Was machst du?»

«Hmm? Ich bleibe noch ein bisschen auf, hier ist es gerade so gemütlich.»

«Was liest du?»

«Die *Römischen Erzählungen* von Moravia. Ich kenne sie auswendig, aber ich lese sie von Zeit zu Zeit ganz gern wieder.»

«Aha.»

«Mehr fällt dir dazu nicht ein?»

«Ehrlich gesagt nein. Du weißt doch, ich und Bücher …»

Er gähnt.

«Na gut, ich geh dann, bis morgen.»

«Ja, bis morgen ...»

Ich kauere mich auf meinem Sofa zusammen. Das Buch gleitet mir aus den Fingern, ich lege es auf den Boden, es hat sowieso keinen Sinn, meine Augen brennen.

Die *Römischen Erzählungen* von Moravia hatte er gekauft, als er zum ersten Mal in die Buchhandlung gekommen war.

Allmählich kam mir die Zeit vor wie … angehalten.

Vorher hatte ich ganz bewusst erlebt, wie sie verging, ich hatte gewissermaßen ein Bild der Wochen, Monate und Jahre im Kopf, die vergangen waren oder noch vor mir lagen. Das Bild zerfaserte allmählich. Ohne es wirklich zu merken, habe ich angefangen, nur noch in den Tag hineinzuleben. Das Unbekannte, die zu erkundende Zukunft ließ mich kalt, regte mich nicht mehr an. Für mich existierte nur das, was unmittelbar getan werden musste. Meine Buchhandlung, meine Bücher; Laden öffnen, Laden schließen; Rechnungen, Bestellungen, auch meine Kunden, obwohl es mir nicht mehr so leicht fiel. Ich war immer der Überzeugung, dass man für diesen Beruf sowohl Bücher als auch Menschen mögen müsse. Ich mochte nur noch die Bücher. Deshalb schob ich so oft wie möglich Marie-Ève vor.

Zu Hause lief es ähnlich. Ich kümmerte mich nur noch um das Praktische, das Nötigste. Ich habe niemals erwogen wegzugehen, weil ich die Trennung noch mehr gefürchtet hätte als dieses Leben. Seine Anwesenheit blieb trotz allem eine Beruhigung für mich. So sehr ich die Einöde, die Einsamkeit im Hochgebirge liebte, so sehr ich Himmel und Wind für mich ganz allein genoss, wollte ich doch in meinen eigenen vier Wänden, im Alltag, nichts davon wissen. Diese Einsamkeit machte mir eine Riesenangst.

Ich wusste wohl, dass diese Art von Abmachung mit mir selbst nicht gerade anständig war. Ja, und an manchem Abend nagte es an mir, wenn ich neben ihm einschlief. Aber ich konnte nicht anders. Ich versuchte, mein Gewissen zu beruhigen, indem ich mir sagte, dass es ihm bestimmt nicht anders erging.

Wir kamen irgendwie zurecht.

«Pierre, du gehst doch heute nicht in die Berge, ich würde mich freuen, wenn du mit nach Genf kommst, es gibt …»

Er stellt seinen Kaffeebecher zwischen die Frühstücksreste auf den Tisch.

«Du, das geht leider nicht, ich muss noch so viel vorbereiten, morgen fahre ich für ein paar Tage weg, besser gesagt für eine Woche.»

«Eine Woche?»

«Ja, ins Wallis, mit zwei Kunden, ein Ehepaar, Italiener, sie wollen nacheinander aufs Zinalrothorn, aufs Weisshorn, dann … Jedenfalls ins Wallis.»

«Und an welchem Tag kommst du zurück?»

«Pff … schwer zu sagen. Nächsten Dienstag oder Mittwoch.»

«Na dann …»

«Von den Hütten aus melde ich mich über die Funkverbindung im Büro, die rufen dich dann an.»

«Ist gut.»

Ob ich darunter litt, dass er immer öfter das Weite suchte?

Wenn ich jetzt darüber nachdenke, bin ich mir gar nicht mehr so sicher.

«Hör mal, mein Liebes, ich möchte dir wirklich nicht zu nahe treten, aber ...»

Der Arme. Eigentlich ist das gar nicht seine Art. Wenn sich mein Vater rhetorisch dermaßen verrenkt, muss ihm die Sache wirklich unangenehm sein.

«Mach dir keine Sorgen, Papa, es geht schon.»

Wir laufen durch den Pasquier-Park am See. Wir hätten eine etwas abgelegenere Ecke auswählen können, aber er wollte in der Stadt ein paar Besorgungen machen, behauptete er jedenfalls. Er wollte vor allem ein bisschen mit mir allein sein. Mir kann er nichts vormachen. Außerdem hat er gerade dieses Viertel immer gemocht. Hier kennt er jeden Baum, jedes Tierchen; die Haubentaucher, die zwischen den Fischerbooten ihre Nester bauen, könnte er beim Vornamen rufen.

«Wie wäre es mit einer kleinen Runde Tretboot, meine Herrschaften?»

Wie mich diese Tretbootvermieter nerven! Ich habe nichts dagegen, dass sie damit ihre Brötchen verdienen, aber ich kann es nun mal nicht leiden, dass man sich hier so an die Spaziergänger ranmacht wie vor den Striptease-Buden an der Pigalle.

«Weißt du was? Irgendwann schreibe ich dem Bürgermeister, dass das verboten gehört. Findest du nicht? Aber gut, das sagt man so und tut es doch nie.»

So kann ich ihn bestimmt nicht ablenken; er hat mich nicht hergebracht, um mit mir über Tretboote zu sprechen. Außerdem hat er mir kaum zugehört.

«Marion, du veränderst dich … das ist kein Vorwurf. Aber es ist nicht zu übersehen … du verzehrst dich.»

«Ich verzehre mich?»

«Ja, wie man von einer Kerze sagt, dass sie sich verzehrt, verstehst du? Ich habe den Eindruck … mir scheint, dass du nicht glücklich bist.»

Ich bleibe stehen. Er bleibt auch stehen, sieht mich an. Ich schaue in sein vertrautes Gesicht.

«Neulich habe ich einen ehemaligen Kollegen getroffen, er war früher zwei-, dreimal bei uns. Er hat sich nach euch erkundigt, nach Lucile und nach dir; und er hat gefragt: *Und die Große, leuchtet sie immer noch so?* Ich schwöre dir, das waren seine Worte; das hat mich niedergeschmettert. An dem Tag wurde mir erst richtig bewusst, dass du geradezu verkümmerst. Ich will mich wirklich nicht in dein Leben einmischen, mein Liebes, aber ich möchte so gerne deine kleine Flamme … wieder auflodern sehen.»

Ein Bengel, der mit einem viel zu großen Fahrrad herumkurvt, streift fast seinen Rücken. Ich packe ihn am Arm und ziehe ihn zur Seite.

«Irgendwann erzähle ich dir alles. Irgendwann. Jetzt ist es noch etwas früh, verstehst du?»

«Ja, ja, natürlich.»

Und ich fange an, ihn zu beschwindeln.

«Es ist nur eine Phase; das renkt sich wieder ein, bestimmt! Und wenn es soweit ist, erzähle ich dir alles.»

Ich weiß nicht, ob er mir das alles glaubt, aber er scheint erst mal beruhigt.

Ich bin es nicht.

«Marion, es ist für dich! Das Büro der Bergführer.»

Ach Sch… nie hat man seine Ruhe! Ich lasse das Schollenfilet und den Condrieu stehen und gehe zu Lucile in die Diele.

«Na sag mal», sie reißt erstaunt die Augen auf und drückt die Hand fest auf die Sprechmuschel, «was machst du denn für ein Gesicht! Es sind die Bergführer, hast du nicht gehört? Also dein Mann!»

«Guten Abend Marion, hier ist Étienne, wie geht's Ihnen?»

«Guten Abend Étienne, danke, mir geht's gut.»

«Also, alles in Ordnung, Pierre hat sich vorhin per Funk gemeldet, er ist in der Tracuit-Hütte, heute waren sie am Weisshorn, morgen gehen sie zum Bishorn, dort ist es entspannter.»

«Alles klar.»

«Gut, das wär's …»

Der Arme hat wohl gemerkt, dass ich ziemlich abwesend bin, denn er fügt hinzu:

«Entschuldigen Sie die Störung!»

Reiß dich zusammen, Mädchen, das kannst du dem armen Kerl nicht antun.

«Aber nein, Sie stören doch gar nicht. Im Gegenteil, vielen Dank, Étienne, es war sehr nett von Ihnen. Danke.»

Als ich mich wieder an den Tisch setze, gebe ich mir Mühe, fröhlich zu wirken. Um die anderen abzulenken, beschreibe ich ihnen die Hütte, Pierre hatte mich am Anfang unserer Ehe ein- oder zweimal dorthin mitgenommen. Kurz, ich mache einen guten Eindruck. Ich zwinge mich dazu.

Das ist das Schlimme: Ich muss mich dazu zwingen.

«So, Kinder, wir lassen euch allein, wir gehen jetzt schlafen. Denkt dran, alles abzuschließen!»

Zehn Millionen Mal haben wir das gehört: «Denkt dran, alles abzuschließen!»

«Klar, machen wir. Gute Nacht. Träumt was Schönes.»

Lucile und ich krönen unseren Kaffee mit einer Zigarette im Garten. Es ist schon dunkel, aber die Luft ist noch mild.

«Hast du Lust zu baden?»

Unser abendliches Bad im Swimmingpool, zu zweit, wenn alle anderen schlafen und sich die Stille der Berge hinabgesenkt hat. Das haben wir schon lange nicht mehr gemacht.

Um diese Zeit ist es himmlisch, das Wasser ist ganz warm, und außerdem braucht man keinen Badeanzug.

In der Sterne dunklem Licht, um die wunderbare Formulierung von Corneille zu übernehmen (ich verehre das Oxymoron; das Oxymoron ist für die

Sprache, was die Mollseptime für die Musik ist), in der Sterne dunklem Licht sieht meine kleine Schwester sehr hübsch aus.

Sie stellt offenbar ähnliche Überlegungen an, aber auf ihre Weise, denn als wir über den Rasen zum leise plätschernden Wasser gehen (die Wonne, das nächtlich frische Gras unter den nackten Füßen zu spüren!), lässt sie folgende Bemerkung fallen:

«Weißt du, dass du für dein Alter eine verdammt gute Figur hast?»

«Für mein Alter? Sag mal, geht's noch? Für mein Alter!»

Sie kichert.

«Ich wollte dich doch nur ärgern, meine Al… Oh, Verzeihung!»

Sie geht ins Wasser.

«Wow! Tut das gut.»

Sie schwimmt ganz ruhig eine Bahn nach der anderen. Ich bleibe lieber in einer Ecke, strecke die Unterarme auf dem Beckenrand aus und die Nase in die Sterne. Das große Kreuz des Schwans, die Leier, die schöne Kassiopeia. Der Mond ist noch nicht zu sehen, kündigt sich aber im Osten durch einen fahlen Streifen an, vor dem sich, wie mit Tusche gemalt, die Tournette und die Dents de Lanfon abzeichnen. Die kleine Brandung, die Lucile beim Schwimmen auslöst, streichelt sanft meine Schultern.

«Was hast du denn, Marion?»

Lucile sieht mich besorgt an.

«Nichts, nichts, alles in Ordnung.»

«Wirklich? Es kommt mir so vor … ich weiß nicht, als ob du einen Durchhänger hast. Liegt es vielleicht an meiner Bemerkung eben? Entschuldige, ich wollte nicht …»

«Nein, nicht doch, Süße, mach dir keine Sorgen.»

Ich kann nicht, ich kann ihr nicht verraten, dass ich gerade ganz woanders bade, in eisigem Wasser, im Lac Cornu, bis nur noch Gesicht und Schultern zu sehen sind, so, die Unterarme auf den Rand, so, aber bei praller Sonne. Nur für ein Foto, um ihm eine Freude zu machen, damals, als er mich noch anschaute …

Ich werde dieses Foto entsorgen. Ich ertrage diese andere Marion nicht mehr. Ich ertrage ihren zärtlichen Blick nicht mehr. Ich ertrage gar nichts mehr.

Dritter Teil

An einem herrlichen Spätnachmittag sah ich also zwei Gendarmen auf der Terrasse des M anrücken, wo ich gerade eine Camel, einen Orangensaft und die Frühlingssonne genoss.

Alles erstarrte, sobald sie den Fuß auf die erste der drei Stufen setzten, die die Terrasse vom Bürgersteig trennen. Zehn angstvolle Blicke begleiteten sie zu dieser bis dahin ganz entspannten jungen Frau, die man wenige Sekunden zuvor noch mit Sam, dem Kellner, hatte scherzen sehen. Zu mir.

Zuerst verstand ich kaum, was sie von mir wollten, und ihr Bestreben, mich zu beruhigen, mir zu versichern, dass meinem Mann wirklich nichts passiert war, machte sie noch unverständlicher.

«Also es ist so … Sie wissen doch, dass Ihr Schwiegervater in den Bergen verschollen ist, beim Grand-Plateau, als Ihr Mann noch ein Kind war?»

«Natürlich!»

«Nun, also … man hat ihn gefunden, also, das heißt, die Leiche, man hat die Leiche seines Vater gefunden, verstehen Sie?»

«Am Grand Plateau?»

«Nein, unten, er ist mit dem Gletscher runtergekommen. Im Laufe der Jahre ist er mit dem Gletscher runtergekommen, verstehen Sie?»

Irgendwann verstand ich es. Alle Menschen im Tal wissen, dass die Gletscherzunge von Zeit zu Zeit Gegenstände freigibt, zum Beispiel Eispickel oder sogar Bruchstücke verunglückter Flugzeuge – auf einer Caféterrasse kann man ein komplettes Rad bewundern –, und manchmal auch Leichen …

Panik ergriff mich. Pierre als Waise, das gehörte ebenso sehr zu unserer Geschichte wie zu der seiner Großeltern. Der ganze Familienkult. Der zur Ikone gewordene Verschollene. Mit einem Schlag stand alles kopf. Ich konnte mir nicht vorstellen, was passieren, wie er reagieren würde.

«Ein Führer der UCPA aus Argentière hat ihn heute früh entdeckt. Er hat Anfängern einen Eiskletterkurs gegeben und ist ein bisschen höher gestiegen, um nach Haltepunkten zu suchen, da hat er ihn gesehen … Er hat seine Kursteilnehmer weggeschickt und den Bergrettungsdienst gerufen; sie haben einen Assistenzarzt aus dem Krankenhaus mitgebracht, um die Todesursache festzustellen. Daniel hat ihn wiedererkannt, er soll haargenau wie sein Sohn aussehen, also wie Ihr Mann. Er hat ihn sofort identifiziert: *O Gott! Das ist Pierres Vater!* Wie alt ist Ihr Mann?»

«Achtunddreißig.»

«Ist ja ulkig. Verzeihung, es … es ist merkwürdig, nicht? Sein Vater war genauso alt, als er starb.»

Das wusste ich schon. Daran musste ich auch gleich denken, unmittelbar nach der Frage: Wie soll ich ihm das beibringen?

«Kommt er heute Abend zurück?»

«Wie bitte?»

Ich wusste nicht mehr, wo ich war. Sam kam zu mir und stellte mir einen Schnaps hin.

«Hier, Marion, trink, der wird dir guttun! Geht's wieder?»

«Ja, Sam, es geht schon.»

Der Gendarm hat seine Frage wiederholt.

«Kommt er heute Abend zurück?»

«Nein, er ist … Er ist mit einem Kunden in der Innominata; sie biwakieren unterwegs, morgen früh machen sie sich auf den Rückweg, und dann kommt er wieder runter. Er müsste am Nachmittag zu Hause sein.»

Und ich habe hinzugefügt:

«Nehmen Sie mich mit! Ich will dorthin …»

Sie haben versucht, es mir auszureden, mich zu überzeugen, dass es nichts nützt, dass wir Pierres Rückkehr abwarten sollten, sogar Sam hat es versucht.

Ich wollte nichts davon hören, ich wollte *unbedingt* dorthin. Also haben sie schließlich nachgegeben. Haben mich mitgenommen. Sam hat noch einen letzten Versuch gemacht, der Arme war ganz außer sich.

Ich erinnere mich an nichts, weder an die Autofahrt bis zum Weiler Le Mont, oberhalb von Les Bossons, noch an den Weg unter den Lärchen, ich sehe mich nur auf dem Gletscher, mit den Männern, die mich stützten, ich hatte nicht mal Steigeisen.

Sobald ich ihn sah, wurde mir alles klar. Im Augenblick, als sein Gesicht vor mir erschien, kaum verzerrt unter dem einen Zentimeter reinstem Eis, das ihn noch vor der Welt der Lebenden schützte; alles wurde mir klar, ohne dass ich es benennen konnte. Das kam später.

Seine Kollegen waren phantastisch. Er wurde nach Kräften umsorgt, unterstützt, von aufrichtiger, herzlicher Solidarität umgeben. Zum Glück, denn ich war, ehrlich gesagt, der Situation alles andere als gewachsen.

Ich war verloren, ich wusste überhaupt nicht, wie ich mich verhalten sollte, und die folgenden Monate waren für mich eine echte Qual. Die Umstände hätten selbst einem innig verbundenen Paar Schwierigkeiten bereitet, und wir beide waren schon seit Jahren nicht mehr innig verbunden.

Deshalb habe ich diesen Umbruch in seinem Leben mehr oder weniger als Zuschauerin erlebt. Ich konnte nie ganz und gar bei ihm sein; es gelang mir nicht, meinen Platz zu finden, ich überließ diesen Platz seinen Großeltern, seinen Freunden aus der Kindheit, den Bergführern.

Unfähig. Ich schämte mich, aber ich war in die Fänge von etwas geraten, das stärker war als ich. Wie bei Menschen, die sich nicht mehr rühren können, weil sie im Sturm von der Kälte gelähmt sind.

Wir fingen an, uns gegenseitig beim Leben zuzuschauen.

Ganz gewiss hatte uns die Unmöglichkeit, ein Kind zu bekommen, zerrissen, aber das war nicht alles. Es war die Abkehr, die langsame Zerrüttung, die sich bereits in den ersten Jahren eingestellt hatte, vor allem bei mir, denke ich, das immer stärker werdende Gefühl, dass ich mich geirrt, dass ich mich vorschnell darauf eingelassen hatte, dass dieser Mann, dem ich nichts, gar nichts vorwerfe, doch nicht derjenige war, den ich gesucht hatte.

Wie es für ihn war, weiß ich nicht. Woher sollte ich es auch wissen? Wie soll man zwischen meinem Desinteresse und seinem Rückzug angesichts meines Desinteresses unterscheiden? Und ehrlich gesagt hatte ich auch keine Lust dazu.

Diese lautlose Erosion hatte ganz ohne Zusammenstoß dazu geführt, dass aus unserem Leben als verliebtes Paar eine stumpfsinnige Lebensgemeinschaft wurde, gefühllos und kalt. Ich stehe zu meiner Verantwortung, ich möchte mich um keinen Preis in der Rolle des ewigen Opfers sehen.

Nur hatte ich jetzt den Unterschied vor Augen. Es wurde mir ganz allmählich bewusst. Der Unterschied lag in dem Schock, den ich auf dem Gletscher erlitten hatte, als ich diesen Mann entdeckte, der meinem Mann so ähnlich war, ohne mein Mann zu sein. So ähnlich und zugleich ein anderer. Fast gleich. Fast …

Ich war immer aufrichtig gewesen, ich hatte ihm niemals etwas vorgespielt. Er war es bloß nicht.

Am schlimmsten waren die Nächte.

Immer wieder schlaflose Nächte neben diesem Mann, besessen von diesem einen Gedanken: Er ist es fast, aber nicht ganz …

Es ist ihm nicht entgangen, dass ich mich noch weiter entfernte, weiter als vorher und auf andere Weise. Was konnte er dagegen tun? Nichts. Er muss es gespürt haben, denn er hat es nicht einmal versucht.

Also wurde es unerträglich. Das Schweigen. Die Gleichgültigkeit. Wir hörten uns nicht mehr, wir sahen uns nicht mehr.

Es gab nur noch die Leere und dieses Gesicht, dieses leuchtende Gesicht unter einem Zentimeter von sehr reinem Eis.

Es war das Gesicht, das zwischen den Regalen meiner Buchhandlung die ersten Gefühle bei mir ausgelöst hatte, das Gesicht meiner ersten Wanderungen, das Gesicht dieses verzweifelten Wartens am Fuße der Seilbahn, an einem Geburtstag.

Es war das Gesicht, an das ich geglaubt hatte.

Das Gesicht, das sich später allmählich verschloss, verhärtete, nach und nach schwand, wie Hoffnungen schwinden.

So ähnlich und zugleich ein anderer.

Ich fing wieder an, allein in die Berge zu gehen. Wie früher.

Ich habe die Freuden der Einsamkeit wiederentdeckt.

Wie früher, nur hatte ich das Gebiet gewechselt. Ich blieb nicht mehr bei den Moränen und den großen Schneefeldern stehen, ich ging weiter. Selbstverständlich wechselte ich immer ein paar Worte mit den Murmeltieren, setzte mich immer ans Ufer der kleinen Gletscherseen, strich immer mit dem Finger über zarte Blumenkronen.

Aber ich ging weiter. Mein Gebirge war immer noch mein Gebirge, nur weitläufiger.

Viele Stunden verbrachte ich allein mit mir. Ich mied die Hütten, die Leute, ich wollte nichts als die Berge.

Was mich am meisten faszinierte und anzog wie die Gartenlampe den Nachtfalter, waren die Schneefelder weit oben, die sinnlichen Hänge, die zu den Pässen führen, die wie Frauenkörper gezeichneten Grate, die am indigoblauen Himmel vorüberziehen.

Immer der Schnee … Der ewige Schnee.

Marions Weg?

Eine Tages bin ich fast unbeabsichtigt am Grand Plateau gelandet. Es ging mir schon eine Weile im Kopf herum, eine ganze Weile, eigentlich von Anfang an. Aber ich hatte es mir verboten. Nicht explizit, das nicht. Sondern so, wie man eine Frist hinausschiebt. Ich hatte mich davor gedrückt.

Als ich zurückkam, ging es mir noch schlechter als vorher. Ein Gefühl hoffnungsloser Leere. Diese Worte kamen mir bei der Jonction in den Sinn, als ich die Eistürme hinter mir ließ und auf dem Fels der Côte wieder Fuß fasste. Als ich auf einem Stein saß und meine Steigeisen abmachte, dachte ich: Du bist hoffnungslos leer. Den ganzen Weg, bis zu den ersten Häusern, kreisten diese Worte in meinem Kopf: Du bist hoffnungslos leer …

Ich wollte auf jeden Fall dorthin zurückkehren.

Epilog

«*Nun, was halten* Sie davon, Herr Staatsanwalt?»

Der Angesprochene hängte sorgfältig seine Jacke an den Garderobenständer neben der Zimmertür, setzte sich ohne Hast in den schwarzen Ledersessel und zog behutsam ein Spiralheft mit einem merkwürdig verwaschenen Umschlag aus seiner Aktentasche, das er ebenso behutsam vor sich auf den Schreibtisch legte. Noch immer schweigend ließ er sich nach hinten gegen die Lehne fallen, nahm die Brille ab und ließ sie zwischen seinen Fingerspitzen kreisen.

«Ich halte gar nichts davon, Wachtmeister, gar nichts.»

«Ach nein?»

«Nein; was soll man auch von einer Sache halten, die derart … ich finde nicht das richtige Wort. Ich habe den ganzen Abend damit verbracht, wieder und wieder die Seiten dieses Heftes, dieses … Tagebuchs zu lesen. Diese Geschichte entzieht sich wohl unserem Verständnis»

«Ach ja?»

«Das Einzige, was man unter Umständen ahnen, was man sich vorstellen kann, ist, dass die Frau in ihrer unerträglichen Trauer keinen anderen Ausweg gesehen hat als diese … diese Art symbolischer Wiederbegegnung, verstehen Sie?»

Ja, er verstand. Wenigstens ungefähr. Mit viel Mühe … Betreten starrte er auf die wasserdichte Hülle, wie sie in Sportgeschäften zum Schutz von Wanderkarten verkauft wird.

«Nachdem sie dieses Heft gut geschützt eingesteckt hat, ist sie ganz diskret zu diesem Ort, diesem … diesem Grand Plateau aufgestiegen, sie muss sich im Schnee zusammengerollt haben, um dort einzuschlafen und den Tod zu erwarten. Alle Bergbewohner wissen, dass die Kälte einen in dieser Höhe erstarren lässt, ohne dass man leidet, sie nennen es den ‹weißen Tod›. Das war ihre Art, zu ihm zu gelangen.

Waren Sie schon mal verliebt, Wachtmeister?»

«Ich … also, das heißt … meine Frau und ich, wir …»

Er unterbrach ihn mit einer Handbewegung.

«Entschuldigen Sie, ich wollte nicht indiskret sein.»

Er stand auf und trat ans Fenster. Sein Blick blieb genau unter dem funkelnden Mont Blanc an jenem Grand Plateau hängen, wohin sie niemals gehen würden, keiner von beiden.

«Dieser Ort sieht so friedlich aus von hier aus. Ein Ort für die Ewigkeit …

Wissen Sie, es wäre das Beste, sie in Frieden zu lassen, im Schnee, der in aller Ewigkeit dort oben bleibt. Aber das geht leider nicht.»

Er wandte sich dem höchst verlegenen Mann zu, der hinter ihm stand:

«Merken Sie sich eins, Wachtmeister. Auch der ewige Schnee kommt letztendlich IMMER ins Tal.»

Immer.

Melanie Mühl

Menschen am Berg

Geschichten vom Leben ganz oben
128 Seiten, gebunden
ISBN 978-3-312-00453-9

Berge verkörpern eins der letzten Abenteuer der Menschheit. Sie sind majestätisch, mächtig, ewig, aber auch archaisch und gefährlich. Diese Mischung fasziniert Bergsteiger und Skifahrer, Touristen und Bewohner. Melanie Mühl ist dieser Faszination nachgegangen und hat Menschen besucht, die in den Bergen leben, die sich ihnen unterordnen, auf und in ihnen arbeiten oder sie als Ort ihres Glücks gewählt haben. Entstanden sind eindringliche Geschichten über Demut und Wagemut, über Einsamkeit, Familie und die Bedeutung wahrer Gemeinschaft, über unser Naturverständnis und über existenzielle Erfahrungen.

Für eine der hier versammelten und zum Teil in der *Schweizer Familie* vorabgedruckten Geschichten wurde Melanie Mühl mit dem Preis Berg.Welten 2009 ausgezeichnet.

«Die genauen Beobachtungen und der gekonnt schlichte Stil machen diese Reportagen aus den Bergen im wahrsten Sinne des Wortes ergreifend.» Kathrin Meier-Rust, *NZZ am Sonntag*

Nagel & Kimche

Wilfried Meichtry

Hexenplatz und Mörderstein

Die Geschichten aus dem magischen Pfynwald
160 Seiten, bebildert, gebunden
ISBN 978-3-312-00462-4

Wilfried Meichtry ist beim Pfynwald, dem größten zusammenhängenden Kiefernwald Europas, aufgewachsen. Als er klein war, erzählte ihm seine Großmutter Maya spannende Legenden über den gefährlichen Wald. Als Historiker ist Meichtry diesen Erzählungen auf den Grund gegangen. Sie handeln vom großen Räuber Lisür und seinen Schandtaten, von der Jagd nach einer Bestie, die monatelang die ganze Schweiz in Atem hielt. Und von Corinna Bille und Maurice Chappaz, die jahrelang in der Wildnis des Pfynwalds lebten. Meichtry malt das Panorama eines erstaunlichen Waldes, in dem sich der Leser unwiderstehlich verliert.

«Wilfried Meichtry schöpft aus einer Fülle des Wissens, ohne sich darin zu verlieren. Er kommt seinen Figuren sehr nahe, ohne sie je zu verraten.» Klara Obermüller, *NZZ am Sonntag*

Nagel & Kimche